初萌

幻影都城V

蝴蝶Seba◎著

—主要人物介紹—

殷曼：千年大妖，種族爲飛頭蠻。飛頭蠻原爲神族，因爲族人有罪，全族梟首後廢貶爲妖，之後又因爲王母索取內丹全族滅亡，殷曼僥倖逃生，追尋族民殘餘幾百年未果，後專心修仙。在她即將成正果的時候，偶然搭救人類病兒李君心，造成終生牽扯不盡的種種因緣。化人失敗後，她的內丹孕化出另一個自己，甚至因爲帝嚳幾乎魂飛魄散。

李君心：殷曼之徒，是個平凡的人類。年紀尙幼時被殷曼所救，身上擁有神祕的禁制，封鎖著極大的能力。他出生於父母疏離的家庭，又因爲清秀病弱經常受同學欺負。殷曼度給他一口妖氣，讓他的身體強健起來，也給了他人所不能給、不願給的親情和關懷。日久生情，君心對殷曼懷抱著比親情濃郁、比愛情雋永的美好情感。也因爲如此，在殷曼即將殞命之際，他使盡全力留住殷曼破碎的魂魄。並感動了古聖神。

帝嚳：天帝之子，被尊稱爲「天孫」。前任天帝是他的外祖父，而現任天帝則爲他的父親。（「天孫」所指的「天」，是指前任天帝而言。）

他曾任代天帝，替多病的父皇處理國事。剛開始時頗爲英明神武，後期卻慢慢乖戾嗜殺，與魔族的戰爭幾乎毀滅人類所有文明。甚至殺害了自己的妻子，挖出她的眼睛作爲神器，也因此被天帝趕下帝位、貶入凡間受苦，依舊不改其狂，最後遭天帝拘禁。據推測，是因爲神魔長久的冷酷戰爭，腐蝕了他的心智，但眞正的原因不明。因爲對眼睛的變態執念，趁天誅日附身在弟子羅煞時，對殷曼大爲著迷，甚至強擄了內丹所孕化的殷曼（小咪）回天。

狐影：殷曼僅有的摯友。是位交遊廣闊的狐仙。他出身九尾狐族的王族，以族爲姓。因爲帝嚳看上他的眼睛而被迫害，天帝「安排」他在人間都城鎮守。個性機敏慈悲，殷曼和君心常受他庇護。現爲幻影咖啡廳老闆。

楊瑾：殷曼化人後的養父。原是西方天界的死亡天使，和狐影交好，受託撫養化人後封印記憶的幼小殷曼。非常疼愛殷曼，甚至爲了殷曼的失蹤，違背了西方天界的誡律，除去了死亡天使的身分。現在於人間的某療養院擔任精神科大夫。

—第一章— 憶與非憶的無盡盤旋

醒來的時候，殷曼的頰上掛著淚。

她困惑的摸了摸自己的臉頰，有些無言的發現，君心又溜到她的床上，靜靜的睡著，年輕的臉孔顯得清秀而脆弱。

這麼大了，還怕黑嗎？

她無奈的笑了笑，將君心的手拿開，靜靜的下床。剛剛讓她哭泣的夢境，一半清晰，一半模糊。她知道這是附在微塵上面的殘留記憶所致。

是的，這是微塵回歸的後遺症。她除了拿回自己的記憶，也不免會順便接收原本宿主的部分記憶。但這些記憶支離破碎，像是電影情節的片段，更糟糕的是，還夾雜著「飛白」；不甚清晰的，像迷霧似的記憶雪花。

但是，這些夾雜著「飛白」的記憶，卻相當的困擾她。

強烈到能夠刻畫在微塵裡的，往往是非常深刻、甚至驚心動魄的記憶。她原本沉靜如古井的心，常常被這些不屬於她的記憶困擾著。

這會不會就是人類畏懼的「見鬼」？她忍不住笑了出來。

當然，偶爾——非常稀有的偶爾，她可以看得到這些跟隨而來、宛如幽靈的執念，在她的夢裡無盡的哭泣。

就像最近的夢裡，她一遍遍地聽見那絕望的呼喊——

「趁還不遲的時候……請殺了我。」

這讓她很困擾。她不懂，這個微塵是從一個妖異的體內拿出來的，但是這部分的絕望卻和那個妖異沒有什麼關係。

「小曼？小曼！」君心慌張的聲音驚醒了殷曼的沉思，她微微苦笑。

「小曼……小曼姊！」他慌得不得了，不停地顫抖著。醒來枕畔空空如也，對他來說，這是最可怕的惡夢。

「我在這裡。」她淡淡的回應。

「妳、妳怎麼可以……」君心鬆了口氣，「妳怎麼可以……」

「你又怎麼可以偷偷爬上我的床呢？」殷曼嚴厲的盯著他，「你知道我不喜歡跟別人一起睡。」

被她責備，君心安靜的垂下頭。

殷曼卻無意安撫他，逕自走進浴室盥洗。把自己所有生存的意義，寄託在另一個人或生物身上是不對的。他必須了解，最終他只有自己。

這樣，萬一她在漫長的旅途中殞命，君心也才能活得下去。

每個人都要有這份認知，包括她自己在內。看盡無數悲歡，甚至是自己支離破碎時，她都沒有忘記這點；也因爲她是君心的師父，才更要嚴厲的教會他這一點。

尋找回來的微塵夾雜了這麼多的雜質，但她還是盡力讓自己趨於完整。因爲她知道，她的小徒雖然添了年歲，心智卻一直沒有長大。

正因爲深深愛著他，所以才要更嚴厲。

洗完了臉，殷曼呼出一口鬱結之氣。但是這口氣觸及鏡子，卻浮現了一行奇異的文字。

殺了我。

她呆了一會兒，看著這行文字，發現她居然看得懂。

那字體顫抖而扭曲，像是痛苦莫名般。

第二章　執念

楊瑾回來的時候，下著綿綿的春雨。

其實已經是春末了，但是，這個四季如春的城市卻是界限模糊，只有寒冷的雨絲透露出一點點季節的訊息。

這個城市就像楊瑾的四季，模模糊糊的，一切的界限都含混不清。

和「都城」的剛烈完全不同。都城這個魔性天女是任性的，雨季的時候聲嘶力竭，酷暑的時候又歡快得沒個節制。

這個不選管理者的城市，卻是溫吞吞的，保留著自然精靈漫不經心的痕跡，懶於防備，人類眾生混雜，妖異橫行，但是在漫不經心中，維持一種恐怖平衡，反而有種颱風眼般的平靜。

小災小禍自然是有，但是也不會鬧出什麼大事。即使在巨大天災的地震中，她的傷害反而輕微。

一個含混的、模糊得幾乎沒有個性，好脾氣的城市。

說不定，他會喜歡這裡，就因爲這種無拘束的冷漠感。

嘆了口氣，他在剛烈的都城待了兩個禮拜，非常想念這個沒有個性的城市。都城令人太疲倦；再說，他也很掛念他失而復得的養女。

走進院子，他無奈的抬頭，望著正在修屋頂的君心，四目相對，卻默默無言。

「……這屋子是租來的。你不怕房東宰了你，我怕。」

「破洞很小、很小。」君心慌著說，「只有一米見方而已。」

該誇他有進步嗎？楊瑾搖頭，進了大門。

這是他在台中的新住所。當然，依然是房租非常低廉的「鬼屋」。但是原本住在這裡的「女孩」很客氣，自從楊瑾搬進來以後，就很溫和的畫出界限。她待在自己的房間沉眠，從未離開。

和某個前言情女作家的亡靈不同——那個聒聒噪噪、老是到處說故事唬弄人的飄飄。當然，他不再遇到蹲在樓梯角落尋找靈感的吸血鬼少年，也不可能再看到有著乾淨清澈的眸子，不會變身的狼女。

這個家很乾淨，而且非常安靜。

他的養女在外頭轉了一圈，回來也變得沉穩安靜。沒錯，她完全忘記了這一切——無論是歡笑，或者是血腥的殘酷。

不過，只要還活著，就很好了。

打開大門，他嚇了一大跳。飄飄從他眼前飄過去，嚷著餓要人供養；女郎害羞的低下頭；葉霜發著呆，仰頭找他的靈感。

當然，這一切一瞬即逝，然後是一室的死寂。

他這個前任的死亡天使，居然感到刺骨椎心的疼痛。悄悄地走上樓梯，他推開愛鈴的房間——

不對，是殷曼的房間。

她闔著眼，筋疲力盡的睡著。摸了摸她的額頭，發現她燙著微燒。

很神奇的能力，楊瑾想著。剛剛他看到的，就是殷曼記憶的實體化，隨著她的夢境，悄悄的滲漏。

眞是的，找到這樣的記憶微塵做什麼呢？對她來說，化人後的記憶忘得越乾淨越好。但是千萬微塵，會找到什麼，誰也不能控制。不過……這對她的自我整合來說，實在是非常痛苦。

大妖殷曼、化人的愛鈴、失去一切的小女孩……這些人格若是在統合過程出差錯，她可能會碎裂成更多、更小的自我，簡單地說，就是精神分裂。

懷著父親和醫生的雙重隱憂，他溫和的將手放在殷曼額頭，放出舒緩的靈氣。睫毛顫動了一下，殷曼緩緩睜開眼睛。「……叔叔，你這樣做真的不大好。」

楊瑾勉強笑了一下，沒有答話。「覺得舒服些了嗎？」

「……我寧可你幫我打針、給我藥吃。」她的眸子有著疲倦的暗影，「革除神職後，是不能妄動法力的。」

楊瑾默不作聲。確實，他不能夠這麼做，即使只是小小的退燒。

「這不是醫藥可以解決的。」愛憐的撫了撫她的頭髮，「又找到新的微塵？」

「不是。」殷曼搖頭，「還是一個月前那一顆。」

楊瑾深深的皺起眉來。要將微塵收入體內，宛如服下劇藥。雖然艱苦，但是殷曼總是可以克服難關，淨化微塵，融入魂魄。

快則三刻，長則十天。但這一次，卻這麼意外的纏綿了一個月。

「太久了。」

「是呀，我也是第一次遇到無法淨化的微塵。」殷曼覺得非常疲倦，「叔叔，你知道這是哪一國語言嗎？」她抑揚頓挫的唸了幾個字。

楊瑾呆了一下。他是死亡天使，基督天界管轄下的語言都了然於胸。他聽得出來這是英語系的語言，但是他不明白意義。

「我不知道。」

殷曼清澈的眸子有著疑惑。她勉強起身，取了筆和紙，寫下一行古老的花體文字。

楊瑾有些傻眼，他似乎懂得這種文字……但是他也看不懂。

「這是什麼？」

「我不知道。」殷曼望著這些文字，滿眼茫然。「但是我懂這意思。這行文字說：『殺了我。』

「妳從哪裡得知的呢？」身為醫生的他開始擔憂了。難道殷曼真的從內裡崩潰了嗎？

瞅了他一會兒，殷曼笑了。「叔叔，寬心吧……」她默然了一會兒，「是微塵殘存的宿主記憶，透過夢境告訴了我。」

頑強的抗拒淨化，一定是有什麼事情要告訴她吧？

這說不定是揭開謎團的脆弱鑰匙。

又是那個夢。

殷曼昏昏的張開眼睛，凝視著虛空。家裡很安靜，一點聲音也沒有。君心接到花神老闆的指令，飛快的去值勤了，只要事關她的微塵，他是從來不叫苦也不遲疑的。

擁著被，她仔細回憶著夢境，在怎麼也不肯退的微燒中昏沉著。

一切都是模模糊糊的……她居然記不起來，像是蒙上了熟悉的迷霧。掙扎了一下，她起床洗臉，呼出的寒氣依舊哀鳴的在鏡面浮現出那行無人能辨識的文字。

殺了我。

天矇矇的亮了，但是家裡沒有楊瑾的氣息。應該是醫院有事，她那個安然卸去神職的養父，盡力的在搶救人類的生命。

她喝了杯牛奶，將注意力轉回夢境。

應該不是夢，她想。那是一段稀薄的記憶，一個執念。是誰心心念念要人殺了他呢？

這樣痛苦的語調，這樣祈求的哀鳴……當然有幾個可能性，比方說，他身患無藥可醫的惡性傳染病。她知道人類的善發揮到極致，是可以遠遠勝過神明的。

不能自殺嗎？害怕？或是不能夠？

「不能夠。」她無意識的說出這幾個字，把自己嚇了一跳。

氣溫似乎更低了。她呼出的白氣越來越濃。有一種執念強烈執著的寄宿在微塵中，讓她怎麼樣都無法淨化。

拉出長外套，她走入天色微亮的街道中。

當初收服這個微塵，並沒有什麼奇特的地方。定居在這個中部的大都會，殷曼自然是將整個都會的妖異都巡邏了一遍。這個妖異並不是很特別，能力也不是很突出。

很典型的一個妖異。除了食慾，一無所有。他們什麼都吃，各式各樣的屍體、垃圾、塑膠袋……之所以會引起注意，是因爲他開始攻擊活著的生物。一個劫後餘生的蛇妖哭著跑來求楊瑾庇護，楊瑾分不開身，於是她和君心一起收拾了這個妖異。

只是很意外的，居然發現這個弱小的妖異有她的微塵。

走到當初收服妖異的地方，微微的還有一點痕跡。她蹲下來，仔細看著淡得幾乎看不出來的污漬，許多亡靈的陰影還在，動物、妖類……還有人。妖異往往難以強大就是因爲這樣，沒有節制的殺生，吸收了太多亡靈，將這些雜七雜八的意識收在一起，求生的意願就會開始爭奪主導權。

而往往等主導權爭出來，妖異又吸收了更大的亡靈，又是爭奪的開始……除非是吸收到足以統御一切的亡靈，不然妖異終究只能蹲伏在陰影處，成爲不足爲患的雜鬼。

擁有她的微塵，就可以解決主導權的問題。第一個吸收她的微塵的意識，其他的亡靈都會臣服，妖異會因此而聰明、強大起來，甚至有了妖力、有了智慧，並且更貪婪的渴望「生存」。

但是，這個妖異雖然有她的微塵，卻沒有得到統合，依舊是分歧的意識。

所以說，他們收服這個妖異的時候，他得到微塵的時間還很短？那，這顆微塵最初是由誰擁有的呢？

要記錄下妖異各自分歧的意識，是個龐大的工程。但是，她是殷曼，那個有著烏龜般強韌耐性的殷曼。她慢騰騰的取下妖異的痕跡，並且努力不懈的分離出一個個分別的意識。

最後，她找到了根源，眼中卻出現了深深的迷惑。

楊瑾帶著怪異的神情回到家裡，看著他的養女。殷曼同樣迷惑的看著他。

「我找到了。」他眼中有著同樣的不解，把殷曼之前給他的紙條放在桌上。

「三界之內，沒有這種文字。直到我問了六翼……」

「我也問了上邪。」她的迷惑更深，「……可能嗎？」

「可能的。」楊瑾陷入回憶中，「妳知道那年暑假……我常常出差？」

「嗯。」她點頭。那正是她得回的一年記憶。因爲楊瑾頻繁的出差，所以找有能力的人來看家。而來的人……就是君心。

「我出差，是爲了頂替六翼的職務。」楊瑾靜靜的說，「那個暑假，基督天界出了很大的事情。掌管夢與死亡的天使長發了瘋，入侵到某個遊戲伺服器。如果她成功了，就可以將人類的魂魄禁錮在遊戲伺服器裡，不消說，肉體自然是死亡了……然後像是病毒一樣感染，只要是接觸網路的人類都可能因此失去魂魄而死亡。」

他不大自然的笑了笑：「幸好她沒有成功。」

殷曼深思了很久：「請問，我可以見見六翼嗎？」

細雨濛濛。

溼透的殷曼將額頭的溼髮撥去，冰冷的雨絲仍是緩緩的滲進脖子。無聲的雨，不斷的下著。

很冷，繚繞的白霧讓溫度更低，眼前發著微光的洞窟中，彌漫著驅之不去的惡臭。

是一種強烈的、抗議的惡臭。像是什麼東西腐了、爛了，卻還不斷呻吟的惡臭。

她一動也沒動，捺著性子看著蹲伏在洞窟深處、抱著頭一動也不動的人。

看起來，這個人像是生了重病。身體到處都是隆起的腫瘤，有些腫瘤大到無法負荷，像是成熟的果實般裂開來，露出或白或黃的混濁液體，混著血。

他在呻吟，卻不完全是為了身體的疼痛。

「殺了我、殺了我，殺了我……」他的呻吟單調的不斷盤旋，突然一刀揮向自己的脖子，頭顱立刻從脖子上滾了下來……然後劇烈顫抖。

「……這樣也不會死！老天啊！大神啊！」頭顱哭嚎著，無頭的軀體痛苦的將手伸向天際，「快殺了我啊！神明啊……如果眞的有神明的話，趕緊殺了我……我的族人無辜啊……」

那個人啜泣著，將頭顱安在頸上，又是劇烈的一抖，抱著頭不斷打滾，「走開啊，惡魔，離開我的身體……」

眨了眨眼，殷曼試著將濺入眼中的雨珠逼出去。她姿勢有些古怪的站起來，往洞窟走去。

那個脖子上猶有巨大傷口的男人，茫然的看著她。

如果不是上邪幫她惡補了大半天，她一定會訝異的。不過，她知道眼前這個皮膚發青、嘴裡有著兩根巨大獠牙的男人，並不是妖怪。

「走開！」那男人怒吼，「如果不想死就快走！」

殷曼蹲了下來看他，「我收到你的信。」

信？終究還是有人收到信了嗎？

「殺了我。」他的聲音柔弱而帶著嗚咽，「快殺了我啊！」

「我不能殺無辜的人。」殷曼搖了搖頭，「至少告訴我來龍去脈。」

那個男人痛苦的抓著石壁，大吼大叫，爆裂的腫瘤萎縮，出現可怕的大傷口，已經看得到骨頭了。他不斷撼動嚎叫，才漸漸平息下來。

「……說完妳就願意殺了我嗎？」他抬起帶著膿血的臉，虛弱的問。

殷曼遲疑了一下，輕輕的點了點頭。

「天譴軍……那些該死的爛骨頭！」男人哭了起來，「把什麼都搞得一塌糊塗！他們從墳墓裡變出一大堆殭屍，把水搞得不能喝，還讓所有的動物都生病了！我們族人病的病、餓的餓啊……

「我們這些還沒生病的男人，出外打獵……到處都是生病腐爛的動物，教人怎麼活？好不容易找到幾隻動物，看起來還健康，我們就殺了，興奮的想拿回去給族裡的人吃……」

他哭嚎得更大聲，「這都是魔鬼的詛咒！我們紮了營，先吃了一些，好有力氣走路……哪知道那些動物受了詛咒……妳看我，妳看我！怎麼樣都死不了！我的同伴也死不了啊……魔鬼要我們回部落去，把這該死的詛咒傳染給我們的族人……」

他哭了，像是受傷的野獸哭了又哭。他是稍具能力的薩滿，勉強可以抵禦。他將一起外出打獵中了詛咒的族人束縛起來，埋進土裡。但是，沒有其他人可以幫他舉行葬禮。

他逃進這個洞窟，打斷自己的腿，試著自殺。一次又一次，他就是死不了。魔鬼的命令讓他痛苦不堪，飽受折磨。他草草寫下紙條，包在石頭裡盡力丟出去……

「誰都好，快殺了我！」他痛苦的在地上打滾，「快點殺了我……」

殷曼的眼睛閃了閃，流露出一閃即逝的不忍。「或許……」

「沒有或許！」那個男人惡狠狠的望著她，滿是膿黃眼淚的眼睛雖混濁，卻還有一絲傲然的精光，「我的身體或許腐爛了，別讓我的心也跟著腐爛！」

「你若中了我的箭，一定會死。」

「爲了部落，讓我死吧。」他乞求。

殷曼靜了一下，「爲了部落。」

她彎弓，箭矢宛如流星般射中那男人的心窩。晶光閃爍，薄薄的彎月閃動，他讓慈悲的死神收割了無助的生命。

細雨還在下著。倒在地上的屍體，表情很安詳。殷曼抬頭，這雨絲，多麼眞實。

揮動六翼的死神先生，翅膀極展，悲憫的看著掌上微弱的亡靈之火。「眞神奇。」殷曼笑了笑，「人類的科技也可以趕上高深的妖術？」

他微笑，臉上有著溫潤的悲傷。「最高深的妖術，說不定是執念。」

白光閃爍，殷曼閉上眼睛，等刺眼的光芒過去，她又睜開，知道自己「回來」了。那固執的執念已消失無蹤，而電腦螢幕閃爍，那個神祕的程式關閉了。

這固執的執念，原本是個人類，罹患了愛滋病。他非常愕然、不信、痛苦。只是一個醫療疏失，他的一生就這樣毀了。

他拒絕醫療，也不再出門，就這樣把自己鎖在家裡，只因爲怕會傳染給別人——不管醫生怎麼勸他，告訴他愛滋病不會因爲這樣就隨便傳染。

他孤單的等死，只靠一條脆弱的網路線與人世聯繫。喔，他還有隻手機，可以叫外賣。直到自助餐店的老闆覺得奇怪，發現這個總是一次叫三個便當的熟客突然失了音訊；鄰居覺得他的家裡飄出令人不舒服的味道，他已經腐爛的屍體才被發現。

他趴在書桌上，螢幕還亮著。他的房門反鎖，還貼著警告——「房內有愛滋病患」。

醫生覺得很惋惜，那男人的愛滋病很意外的幾乎沒有什麼症狀，說不定還可以多活很多年，他卻用絕望殺死了自己。

殷曼推測，他可能在多年前吞下了微塵，而他那接近潔癖的絕望，讓這份執著深深的刻在微塵中。

他在等死的時候，曾經很迷戀一款網路遊戲，或許就是在解這個任務時，他死了。於是將任務的主角和自己的絕望重疊，就此走入了一個迷宮——一個人工構建的迷宮，一直在等待有人可以殺死他，卻不知道自己已經死了。

屍體和微塵的氣味吸引了妖異，「紙條」也隨著妖異被帶走。

而這個「紙條」，隨著微塵回歸，向她呼救。

攤開手，殷曼彷彿還看到那隻藍皮膚的手，緊緊握著她，若有似無的說：「謝謝。」

虛無的執妄，溫柔的惡夢，卻擁有著火焰般的溫度。

「怎麼辦好呢？」六翼嘆息，「他不算自殺，但和自殺相去不遠……」他轉了轉眼睛，「這是妳發現的，殷曼。妳說怎麼辦呢？」

「天使長侵入後的伺服器怎麼樣了呢？」殷曼微笑。她是明知故問。她能夠觸碰到那個迷失的人魂，就是借道那個奇異的、自成世界，依舊在舒祈那兒運轉的伺服器。

六翼想了想。「就給他一片家鄉的草原吧。」

所有的病痛都消逝，在虛無的伺服器中，他會不會也凝視著遠方，堅定的珍愛自己的族人呢？

殷曼按著胸口默想著。她，似乎不再那麼討厭人類了。

「這是『魔獸』的任務啦，我解過。」上邪透過MSN和殷曼交談，「妳眞的沒玩過線上遊戲哦？」

「沒有。」殷曼帶點歉意，「我對人工構成的世界沒興趣。」

「啊，這是偏見啦。」上邪很不滿。他雖然是三千六百歲的大妖，對於人類的玩意兒卻有種固執的迷戀。「其實啊，越高明的遊戲團隊就越像創世者，在重重疊疊的程式中，或正確或錯誤的架構一個世界。難道妳以爲『一沙一世界，一花一天堂』只是隨便說說的？妳修道修到哪去啦？」

殷曼笑了。她聽狐影說，因爲她可以借道到那個特別的伺服器，而讓上邪大嚷大叫的吵了很久。因爲他老早就想去那個名爲「夢天」的伺服器逛逛了。

「你不能去嗎？」她很誠摯的問。

上邪立刻惱羞成怒，「妳當每個人想去就可以去哦？妳可以借道，是因為那個死人的執念和妳的靈魂微塵有聯繫，不然妳以為有私服的補丁光碟就可以去觀光嗎？那張該死的光碟我也有啊！」他越想越氣，居然讓該死的人類將他擋在外面！可惡啊～～

聽說，那個被天使長入侵的伺服器，在天使長之後，讓一個人魂接管了。在舒祈的庇護下，有些依託在管理者電腦裡的人魂在那兒轉生，儼然成為一個真實世界。

一沙一世界，一花一天堂。

或許，從管理者的電腦可以收容孤魂開始，她就該知道一個世界的構成並不是那麼的困難，也說不定，用不著一台實際運作的伺服器就可以產生吧？

因為，她又見到了那個藍皮膚的薩滿。

遍佈沙漠、綠洲、海岸和草原的大地，那個薩滿痊癒而完整，專注的捏著黃泥，小泥人一呱呱落地就又跳又叫，滿心歡喜的散去。

他驚愕的看著殷曼，歡呼著奔過來，「那是我的族民，也是妳的族民。」

向來沉穩的殷曼，眼眶居然開始溼潤。握緊他藍色的手，她，熱淚如傾。

「我知道我已經死了，我也知道，這只是我死後的夢境。」他的獠牙光亮，眼神粲然，「但是一天構築一點點，或許，我也可以將我的夢境築實，成爲眞正的現實吧……另一種現實。」

像是說故事的人用文字建構、音樂家用音符建構、歌手用聲音建構……建構一個虛幻卻又眞實的世界，一個沒有邊際的世界。

因爲對族人的愛，一個死人，堅持著這種溫柔，用他死後的夢境建構。

「你在哪裡呢？」殷曼低聲如耳語。

「妳在哪裡，我就在哪裡。親愛的姊妹，感謝妳容我棲身。我只需要一個微塵的領域……」

睜開眼睛，望著又溜上她的床的君心。對著他無邪的睡顏，殷曼無聲的哭泣著。

這個時候，她非常喜歡人類，非常非常的喜歡。

第三章 殷曼的同學們

「我是修道人！」君心還在做最後的掙扎，「為什麼我還要去上學啊？更何況我又沒去參加考試……」

「我家的人還需要參加什麼考試？」楊瑾盯著報紙，「哪怕是東方天界的魁星，也得賣我一點面子。」

「不是這樣說的吧？」君心持續抗爭，「我還得去找微塵，哪有那種美國時間上什麼學……」

「我知道你是用魔鬼的方法修煉。」楊瑾連頭都不抬，「雖然這樣，我也不會眞的消滅你。只是你還是得去上學，試著讓自己像人一點——」

「妖族！我是用妖族的方法修煉！什麼魔鬼，沒禮貌！」君心氣得發抖，「我本來就是人了，需要像人嗎？你這話眞的——」

「滾去上學。」楊瑾終於把頭抬起來，冷冷的望著他。「你不要忘記了，你老闆付的薪水還不夠修屋頂，你現在是完全的食客，若不是小曼的關係，你應該睡在大門外才對。」

君心瞪著他，咬牙切齒的，卻沒有話可以反駁。

「如果你要搬出去住，我是不會攔你啦。」楊瑾把報紙翻面，「但是別想把小曼帶走，我可是她的法定監護人。」

「你不是天使，你根本是魔鬼！」君心痛心疾首，「天使不都是高貴慈悲的嗎？人家不都說神愛世人嗎？」

「你又不是教徒。」楊瑾露出一個純潔又神聖的微笑，「若是你要更改宗教，我也可以破例……讓你睡車庫。」

這個……陰險的傢伙！

他們互相怒目而視，小小的空間充滿一觸即發的怒氣……

「早。」這樣簡單的一個字，居然讓暴風雨似的怒氣消弭於無形。殷曼穿著制服，從樓上走下來。

「……小曼姊，妳穿這個樣子要幹嘛？」君心大吃一驚，「難道妳也……」

「叔叔要我去上學。」她坐下來，「要一起出門嗎？你不是要去大學報到？」

「對對，我等等也要去學校，我送妳吧……」君心完全忘了剛剛的抗爭。這小子！楊瑾斜斜的睇他一眼。若是殷曼說她要去跳火山，他大概會說他也要去跳火山吧……眞是笨蛋一個。

他們畢竟是人類，要在人間討生活。不管用什麼樣的方式修煉，都必須要照著人類的規矩來才行。

現在可不是百年前的古代，可以靠斬妖除魔騙吃騙喝，人類文明已經越來越往理性發展，移民也越來越被這股強大的理性所束縛，即使在這個沒有管理者的城市，眾生也有自己看似混亂的秩序，尊重著人類這個雖弱猶強的主人。

殷曼和君心的情形又屬特例。不說君心，他一直爲了殷曼煩惱。她的身世坎坷，化人之後，又承受了重重挫折，弄到現在魂魄不全，幾乎沒有自保能力。

收集微塵本來就有風險存在，可能會順便把其他宿主的記憶帶過來，再加上她大妖時的記憶、人類的愛鈴、在東部小鎮的小曼記憶……一個弄不好，她可能會精神分裂——畢竟她現在是個人類，人類的精神醫學在她身上是成立的。

君心那樣拚命的收集微塵，亂塞一通，也不給她消化的時間……這次未能淨化的微塵事件，就是這樣引發的。幸好那個人魂沒有惡意，若是有惡意的話該如何是好……

楊瑾感到微微的發寒。就讓君心那個笨蛋去上學，好好的用理性控制爆發的妖力吧。也讓魂魄不全的殷曼，設法用理性的知識彌補空洞的記憶，再者，群居生活也可以保住她的主要人格，不至於分裂。

這是他能設想到的最好方法。楊瑾嘆了口氣，起身要收拾餐桌……一隻白到透明的手卻早他一步，將餐桌收好了，水槽傳來洗滌的聲音。

「不用替我們做早餐。」他的聲音很溫柔，「我們已經很打擾了。」

半張臉覆在長髮下的幽靈，只是輕輕的「嗯」了一聲，繼續洗著杯子。自從楊瑾入住以後，她漸漸有了行動能力。雖然還是想不起來自己是誰，但是，打理家務可以讓她感到安心。

楊瑾悲憫的微笑，輕撫了她的長髮。她閉上眼睛，像是被清涼的水洗滌了。

自從得到了若干微塵後，殷曼一直無法成長的身體，漸漸有了發育的跡象。現在的她，約莫是尋常女孩十三、四歲的身高和長相。但是，在人高馬壯的高一生中，她卻顯得嬌小稚嫩。

開學都兩個多月了，這個新生引起很多注目。老師介紹她因病所以到現在才來報到，她只是微微笑了笑。

她溫馴的在第一排座位坐下，感覺到身後許多貪婪的目光。

原來人間的移民和移民後裔這麼多呀。她不無詫異的想著。

怕嗎？其實她不怕的。她帶著楊瑾的羽毛和君心的頭髮，這雙重保護讓移民沒辦法靠近她。嗯，其實移民的後裔也沒辦法靠近，她並不怕那些半大的孩子。

隨著每一堂課過去，這些貪婪的目光越來越焦躁，竊竊私語也越來越大聲。她反而帶著一種有趣的心情想看看他們怎麼對應。

放學前的最後一堂課，訓導主任突然衝進來，咆哮著要突擊檢查。因爲校規規定不可以帶飾品，所以她的羽毛項鍊和頭髮、手環都被沒收了。

看著訓導主任明顯被魅祟的發紅雙眼，和身後傳來得意洋洋的輕笑，殷曼也無聲的笑了起來。

一點意外也沒有，放學時，她被一大群半大不小的孩子堵在校園陰暗的角落。

「有事嗎？」她看著這群孩子，幾乎都是人妖混血的覺醒者。

「有啊。」帶頭的女孩得意洋洋的，帶著腥羶的甜味洩漏了她的身分——一隻嬌嫩的半蛇妖，「分點魂魄來吧，大妖殷曼。」

呵，起碼情報蒐集能力還不錯。「這是我的魂魄呢，爲什麼要分給你們？」

「少廢話！」一個個子小小、脾氣卻特別暴躁的孩子又跳又叫的，「妳別指望有人來救妳！又不是要妳的全部，再吵就宰了妳！」刷的一聲，他的手臂突出一根又長又尖的刺。

大概是蜂精的後代。殷曼想著。

「我說幹嘛這麼費事？」懶洋洋的聲音揚起，「就地啃了她，有本事的多吃點，沒本事的就少吃點。不趁她現在魂魄不全、妖力低微的時候動手，等她成氣候了……哼哼……」

眞少見呢。殷曼看著眼前這個懶洋洋的俊俏少年。雖然不肖，饕餮倒也沾了神獸的邊，血緣就算稀薄，也算是傳了點能力下來。

其他的小半妖也在一旁叫囂不已，舔唇舐齒的蠢蠢欲動。

「好吧。」殷曼輕嘆一聲，「看起來你們要開殺戒了。那麼，誰要先上呢？殺人，你們還是頭一遭吧？」

這話讓這群小半妖愣了一下。聽聞大妖飛頭蠻來到這個城市，而且因爲化人失敗，妖力低微，讓這群被妖族欺負得死死的小半妖們，像是看到了一線生機。

但是……雖然知道她是飛頭蠻化人而來，眼前的殷曼卻是徹頭徹尾的少女模樣。計畫是早就計畫好了，但是說到殺人，這些小半妖一點經驗也沒有，坦白說，也沒那個膽子。

半蛇妖少女蒼白著臉，推了推蜂精：「少白，你、你先上！先把她麻昏過去……」

那個脾氣暴躁的孩子卻慌了手腳，「爲什麼不是妳？素素，妳麻痹人的工夫比我強，爲什麼是我？」兩個人爭執不下，居然自己鬧了起來。

饕餮少年怯了怯，可天生的嘴饞讓他忘了害怕，「怕什麼？我先上！」他十指頓成利爪，一屈一伸的，就要撲過去。

「鎮浩！拜託！你就不能麻昏她以後再動手嗎～～」素素掩著眼睛，「我、我怕血啦！你最少也放個血～～」

「廢話一堆！」饕餮少年撲了過去。他相當有信心。大妖又怎麼樣？她現在沒了護身的符咒，比他們都弱呢！不趁現在把她吃了，將來怎麼可能有機會……

但是，他的利爪卻像是插在透明的牆壁上，停在殷曼眼前三寸，怎麼也推不下去。

「我，可不是沒有自保能力的唷。」殷曼站在畫出來的圓圈之中，夾著一片樹葉，若無其事的擋住鎭浩的爪子。

「妳以爲我會怕妳嗎?!」鎭浩咆哮著，在陰暗中變化成饕餮的模樣，喚起一陣颶風，殷曼畫出來的圓圈一寸寸的被砂石吞噬。

殷曼眼中出現一絲哀傷和悲憫，她一手夾著碧綠的樹葉，一手指著滾滾黃沙……

自以爲得手的鎭浩狂喜的要上前，卻被一本書打得翻過去，額頭腫起腫包，口吐白沫的昏過去。

「……喂，周明，妳不要以爲妳眞的是這個學校的大姊頭！」素素氣急敗壞的說，「同樣是半妖，妳幹嘛幫那個妖怪?!」

「就因爲同樣是半妖，所以才出手救你們這群白癡。」斯斯文文的女孩推了推黑框眼鏡，「你們哪一個擋得住五雷法?你們以爲譽滿天下的天才大妖是那麼好吃的啊?容易吃會輪得到我們吃嗎?笨蛋！」

五雷法！所有的半妖驚呆了一會兒，接著恐懼的尖叫，然後逃得一點影子也沒有。

殷曼彎了彎嘴角，將寫了五雷咒的樹葉拋去。

「他們沒壞心眼兒。」周明又推了推眼鏡，「只是被欺負慣了，逼急了。」

「妳是俞素秋的後人？」殷曼拍了拍裙子上的灰塵。

周明不大自在的轉過頭，「該死的蒲老頭兒，沒事揭我家的底，看我挖了他祖墳！」

「松齡先生的祖墳可遠得很呢。」

「閉嘴！我會不知道嗎？」周明尖叫了起來。深深吸了一口氣，她勉強把自己的怒氣壓下去。「妳怎麼會來我們學校？」她頭疼起來，「這城市學校那麼多，妳來這兒做什麼？」

「我不知道。」殷曼坦白的說，「是叔叔幫我選的學校。」

「叔叔？」周明一臉的迷惘。飛頭蠻不是都滅絕了嗎？也就聽說過殷曼一個。

她哪來的叔叔啊？

「楊瑾。我化人以後，是他撫養我的。」殷曼心平氣和的回答。她找回的微塵中，包含一小部分和楊瑾一起生活的痕跡。

周明瞪著她，肩膀頹了下來，額頭一片冷汗。幸好她阻止了那群白癡，不然要是殷曼擦破了一小塊皮，那個卸任的死亡天使大概會把這群白癡同學給抓去西方地獄做鐵板燒。

什麼不好惹，一定要去惹西方天界的死亡天使嗎?!

「他就這麼放心的將妳扔到這個學校嗎？」周明幾乎尖叫了起來。

「叔叔有給我他的羽毛啊。」殷曼覺得楊瑾對她眞的非常照顧，自己就像是他的孩子。「只是被訓導主任沒收了。」

訓導主任沒事幹嘛沒收……周明腦袋一昏，心知一定是那群白癡同學幹的好事。「……我去幫妳拿回來。」她無力的說：「但是請妳放過那群白癡好嗎？」

「如果他們不動手，我也不想傷害他們。」殷曼很誠摯。

周明抹了抹額上的冷汗，感覺一陣陣的虛弱。

這城市沒有管理者，許多喜愛自由的妖族都寄居在這裡。他們不會去找人類的麻煩，卻偏愛找覺醒的半妖麻煩。而半妖之所以都設法考進這個學校，就是因爲這學校半妖多，妖族反而比較少。周明也是當中的一個。

至於那些考不上的，就算走後門也設法走進來了……

這起欠砍頭的笨蛋！她忍不住握緊了拳頭。身爲半妖就夠慘的了，天天只會吃喝玩樂，不照人類的修煉修行，也不照妖族的修煉修行，成天遊手好閒，被妖族欺負的時候只會腳底抹油，逃跑的工夫倒是一等一！

沒出息就沒出息吧，也不掂掂自己幾兩重，敢去惹大妖飛頭蠻？別說魂魄不全，人家一根小指就可以塌了半個學校，更不要提那硬得跟鑽石一樣的靠山！

跟訓導主任要回殷曼的東西，周明捧著那個牛皮紙袋，一陣陣的想吐。天使的羽毛就夠慘了，裡頭似乎還有個妖怪髮環，眞是要命……

她和那群散漫的同學不同，天賦加上好學，她修煉已有小成，足以和中等妖族相抗衡了。

但她還是讓這兩個護身符給熏得頭昏腦脹，冷汗直流。上次有這種感覺的時候，是她神經大條的娘，在她衣櫃裡噴了一罐的樟腦油。

這兩個玩意兒比天敵還可怕！

「拿去！」她打直胳臂遞出去，「拜託妳快把這些可怕的東西帶走！」

殷曼接了過來，覺得有點感動。眾生有善有惡，她運氣眞好，遇到一個善良的眾生同學。收起羽毛和髮環，她掏出一本古舊的聖經。

周明扁了扁眼，「……我是東方的眾生，沒在怕那個。就算是東方的佛經法典，我也沒在怕……」祖上深厚的遺傳讓她深愛各式各樣的書籍，是那些書怕她，不是她怕書。

除了樟腦油、乳香等等防蟲香料，她實在沒什麼懼怕的東西。

可讓她傻眼的是，殷曼撕下了那本香香脆脆的古舊聖經最後幾頁空白，遞給她。

周明嚥了幾口口水，「……妳幹嘛？我告訴妳喔，我是人……」

「我知道。」殷曼將發黃的空白頁塞在她手裡，「算是謝謝妳幫我解圍吧。」

她……她怎麼知道她喜歡吃書頁的小祕密?!想到殷曼一見面就猜出她的身世，周明有點慌了。她該殺人滅口嗎……不管她有多厲害，讓人知道她是蠹蟲妖的後代可就慘了。

學校那幫白癡同學還不知道呢！

「我家裡還有不少。」殷曼彎了彎嘴角，「只撕空白頁，叔叔應該不會見怪吧。」

她是說……這樣香脆、可口、充滿歷史痕跡的美味紙張，還有很多？

「我從今天開始就是妳最好的朋友！」周明握著她的手大嚷，「我們是最好的朋友對吧?!」她完全忘記要殺人滅口這件事了。

殷曼的笑意更深，點了點頭。「君心來接我了，明天見。」

周明望向站在校門口皺著眉的英俊青年，瞬間頭髮連帶寒毛全體豎立。她輕輕發出嘶聲，像是受了驚嚇的貓，本能的拔腿就跑，要不是有香脆的書頁含在嘴裡，她可能會一路尖叫著跑回家。

君心瞪著那個跑得像一陣煙似的小女生，皺起眉。唔，那是個妖怪血緣很濃厚的人類啊……

「上學還好嗎？有被欺負嗎？有沒有交到朋友？」他對自己的髮環很有信心，那種能力低微的半妖應該不足爲患。

「呃……」殷曼考慮了一下。其實比較像是她欺負那些孩子……「還好。我交到朋友了。」她關懷的看著君心臉頰上的瘀血，「怎麼受傷了？在學校跟同學處不好？」

「怎麼可能呢？」君心打哈哈，「我跟同學處得很好呢，我也交到朋友了。」他設法轉移話題，「晚上要吃什麼？火鍋好嗎？順便去買菜吧……」

他牽著殷曼，緩緩的在夕陽下漫步，卻不知道他們上學的事情，在這個城市引起一陣極大的騷動。

消息傳得很快，第二天，幾乎所有的半妖都知道了這個驚天動地的大消息，對殷曼的胃口立刻降到冰點以下，連最貪吃的饕餮鎮浩，看到她都臉色蒼白的退後三尺以上。

死亡天使就夠可怕了，來接她的那個據說是哥哥的大學生，身上擁有最令半妖害怕的道士與聖獸——或者說是大妖——的雙重氣息。一物剋一物，他們這群擁有半妖血統的人類被剋得最死。

殷曼發現不再有人找她麻煩，於是她悄悄的把羽毛和髮環收了起來，包在黑布裡。

沒辦法，這些沒修煉過的半妖少年少女，抵禦不了這麼強大的護符。朝會的時候，他們班上就昏倒了七個——四個覺醒的半妖，還有三個妖怪血緣薄弱、從未覺醒過的人類同學，保健室因此爆滿。

引起這樣的騷動實在不太好。寡言好靜的殷曼，默默的將叔叔和君心的好意收了起來。

雖然沒人再騷擾她，甚至在她出塵的美貌引來無知學長的垂涎時，同學還會衝出來護衛——若是殷曼受到一丁點微小的傷害，大概會害死很多人和妖，他們還不想變成鐵板燒——但是，同學們對她就是敬而遠之。

唯一能跟她相處的，只有周明。

一開始，是爲了香香脆脆的古老書頁，以及讓周明坐立難安的身世，但是和她相處久了，就發現這個魂魄不全的天才大妖非常好學。寡言到幾乎像是啞巴的殷曼，上課的時候不但非常專心，課後也總是泡在圖書館裡，這點和書蠹蟲的周明很合，兩人漸漸的也發展出一種安靜的友誼。

雖然有些奇怪，但是兩個學者型的妖怪，倒是相處得越來越融洽。從周明口中，殷曼漸漸的了解這個學校半妖和妖怪的勢力分佈。

這個高中很奇特的佔住一個避妖的好方位，正當朱雀守護，又有寺廟在不遠處鎮壓，可以說是妖族最不喜歡的地理位置。半妖在這學校當然稱不上舒適，但是人類濃厚的血統，讓他們可以跟一般孩子一樣上學，這也是爲了逃避被欺負的命運，半妖少年少女不得已的選擇。

不過，即使是這麼一個令妖族不舒服的環境，還是有幾個妖怪在這兒上學。他們累代都是潛居人間的純種妖怪，能夠若無其事的在這個學校上學，自然本領也不容小覷。

而這幾個妖怪來這邊上學，難免會欺壓學校裡的半妖，不過，學校有用功的周明在，加上現在的妖怪也不修煉了，看不出來周明的路數，所以還保持著表面的和諧，頂多在周明看不到的地方勒索一下半妖同學。

但是，大妖殷曼來上學，卻破壞了這種平衡。

當然啦，父執輩都殷殷告誡，千萬不要去惹殷曼。但是，誰都知道殷曼的魂魄是非常美味的……看看那些吞食過微塵的妖異就知道，誰不在背後舔牙齒呢？不過，現在這世道，不是比拳頭大，就是比靠山大。向來明哲保身的妖族非常明白，吞了殷曼大概可以強上百倍，但是又要怎麼去應付殷曼的舊友呢？

難不成打算跟狐仙狐影對峙，還是要跟狐王玉郎打個沒完沒了？更別提狐影偃的那個大妖上邪了。就算這些個妖仙礙於封天絕地令不能出都城，也沒人敢惹死亡天使（都修到六個翅膀了，卸不卸任有個鳥差別啊）。

就算死亡天使因爲被免職而無法出手，也要看看那個妖不妖、人不人的李君心肯不肯罷手。

比起那些鮮少出手的惡魔大頭目，常常在外活動的李君心簡直是惡夢！強倒不是很強，可他爆發時的妖力卻恐怖到一個程度（其實是爆炸力吧……），上回一個頑強的不肯交出微塵的蜘蛛精，讓他活生生的炸掉兩條腿，雖然沒送命，但現在只要聽到一個「李」字就縮在角落，發出淒慘的尖叫，差點兒把腦袋給抖掉……

花兒雖好，卻有渾身毒刺。哪兒沒有採捕的好對象，何必傷身丟臉呢？

父執輩很有人生智慧（呃，妖生智慧……），可這些血氣方剛的妖怪少年哪裡聽得進去？

他們向來覺得自己高人一等，欺負半妖得心應手，早已自恃天下無敵。想來那個化人失敗的大妖再厲害，三魂七魄也散失得剩不到一半，白天行走，身體弱不說，連影子都淡得沒有陽氣了，能厲害到哪兒去？聽說連內丹都被掏了去，只欠一死了，有什麼好懼怕的？

至於那個黏得緊緊的周明再厲害，也不過是小小一個半妖，他們這邊可是人手眾多，還怕扳不倒嗎？等那些大魔頭驚覺，殷曼早已下肚，就算要吵要鬧，他們可是世居於此的妖族，妖口多得很，父執輩會看他們白白送命？哈，正嫌日子過得悶，沒得開打呢。

盤算已定，他們日日垂涎的跟蹤殷曼，同時也和李君心同校的哥哥們取得聯繫，摩拳擦掌的決定了分食的大計……

這些妖怪少年分成幾班，緊緊的盯著殷曼。

跟了幾天，實在很無聊。這兩個花樣年華的少女，規矩得根本是侮辱妖怪的血統！從來沒有逃過學，每堂課都認眞聽講，下了課就往圖書館移動，要說有什麼不應該的，也就是一面聽老師講課，一面在桌子底下翻著書罷了。

有回實在好奇，偷偷翻了那兩個女孩的抽屜，殷曼看的居然是《解剖生理學》，周明看的是《符咒妙術祕法》。

兩個神經病！簡直是丟盡了妖怪的臉！

這天，他們百無聊賴的跟蹤殷曼她們到了圖書館前，一晃眼，居然只剩下周明，沒了殷曼的影子。

「糟了，那個鬼頭女不見了！」蹲在樹叢裡的小個子妖怪少年緊張起來。

「鬼頭女是誰呀？」不疾不徐的溫潤聲音在他旁邊響起。

「就那個殷曼啊！」小個子頭也不回，「傻大個兒，你瞧瞧她上哪兒去了？跟丟可就慘了……」

「你們找我什麼事情呢？」溫潤的聲音依舊是不疾不徐。

一回頭，竟看見他們的跟蹤對象正心平氣和的跟他們蹲在一起，嚇得兩個人站了起來，起身太猛踉蹌了下，一個摀著頭頂，一個摀著下巴，痛苦不堪的又蹲了下去。

「唔？找我有事？」殷曼依舊語氣平穩的問。

她的氣定神閒，卻讓兩個妖怪少年抖了起來。吃是很想吃了她，但也得大夥兒一擁而上啊！過去殷曼的威名和傳說一一浮現在腦海，兩個少年臉色蒼白，覺得她的平靜根本就是陰森，還帶著打量食物的神情……

（這叫疑心生暗鬼，殷曼根本是吃素的。）

三十六計走為上策。小個子拉著大個子想來個溜為上策，卻讓周明給堵住。她不像殷曼那樣好脾氣，冷冷的目光從眼鏡後面銳利的刺過來，「說啊，鬼鬼祟祟跟著我們，有什麼企圖？」

小個子全身的冷汗都快流到大腿了，他完全忘記周明吃素，張著嘴好一會兒說不出話。

大個子倒是老實，「老大要我們——」

小個子馬上清醒過來，惡狠狠的往大個子的肚子送上一個猛烈的肘擊。臨危都會激發潛能，他倒是發揮得淋漓盡致。

「眞是的，害羞啥？爛藉口也拿出來唬弄。」他往大個子一指，「其實是他沒膽子，折騰半天。他說呢，想跟殷曼同學當朋友，在這兒蹭半天也不好意思去！」

「我？」大個子訝異了，「我沒有——」

「事到如今還害羞個屁！」小個子又是一個肘擊，讓那個大個子痛得彎下腰。

「你不好意思說，我都替你說了！」

大個子這才醒悟過來，「是、是！我呢，想跟殷曼同學當個朋友……」

殷曼望了望大個子，又望了望小個子。

「鬼才信你們的鬼話！」周明罵了起來，「不給你們些苦頭吃——」

「同學，你們搬來沒多久吧？」殷曼謹慎的斟酌字句，「在這小島，沒人講這麼字正腔圓的京片子了，稍微帶點口音比較好，不然容易露出馬腳。」

那兩個妖怪少年瞪圓了眼睛，不明白殷曼怎麼說出這番毫不相干的話。

「四海之內皆兄弟，何況你我。」殷曼抱起書，「大家都是朋友。」她扯了扯周明，就這麼走了。

扔下那兩個發愣的妖怪少年，她和周明走進圖書館。

「妳相信他們的胡說八道？是不是就像我爺爺說的，大妖和得道高人一般，修到蔥蒜不分啦？」周明嚷起來，「他們明明——」

「他們站在我們面前還發抖呢，沒事沒事。」她依舊安然。

「那些妖怪一定打著什麼壞主意。」周明太了解這群混帳了，「拖著我走幹嘛？這些俗辣只要幾個耳光什麼都招了……」

殷曼苦笑了起來。這麼有殺氣的文藝少女也是很罕見的。

當然，她知道這些妖怪在計畫著什麼。她活了漫長的一千年，雖然記憶破碎，但她破碎的記憶裡，充滿了被追殺的過程。

被人驚恐的追殺，被妖族、神靈貪婪的追殺。相較起來，人類對於未知的驚恐反而還溫和些，正因爲不能了解，所以懼怕。但是其他眾生……從來不當飛頭蠻是眾生。

懷璧其罪。

她常常帶著悲傷，潛居在人類的書閣裡。一天天，映著天光，閱讀一本又一本的典籍。其實，人類也不完全恨她。偶爾她被發現的時候，人類會吃驚，然後將她的身影雕在藏書閣裡，當作書閣的守護神。

後來看過一些考古典籍，她有些失笑。人類驚恐敬畏的將她雕刻下來的頭像，居然有學者一本正經的認爲是饕餮。

噗……饕餮只會關心三餐消夜帶點心要吃什麼，要不是爲了看食譜，恐怕連字都懶得識。

這些妖怪並沒有打什麼壞主意，只是很平常的想要捕獲一隻飛頭蠻而已。有內丹的時候，貪圖她的內丹；沒了內丹，貪圖她的魂魄。哪怕現在殘存的百不及一，還是貪，貪得不得了，貪得想要整個下肚。

她微笑的望了一眼正在偷吃紙片的周明。若非飲食習慣不同，這個知心的女同學怕是也會想辦法把她給吃了。

「妳當我不知道妳在想啥？」周明拉長著臉把充滿纖維的紙片嚥下，「我到底是人，能雜食的！吃書只是我小小的癖好……妳別老把自己當食物看！妳問問妳家哥哥、妳家叔叔、那些庇護妳的大人們，有誰想把妳吃下肚？誰敢動這念頭非先劈了那個王八蛋不可！我們認識一個多月，妳還不知道我的爲人嗎？別老存著這種被害者情結好不好？」

殷曼張大眼睛，笑了出來。

或許，她在躲避追殺的時候，也錯過了一些什麼吧……她越發孤僻，越發遠離人群、妖群，用冷漠隔離一切……

她，可能錯過了許多美好的人。

是什麼時候化解她的冷漠呢？

不過是一個異族病兒，一雙清澈的眼睛。

「小曼……」君心找到圖書館來，硬把那個「姊」吞進肚子裡。「回家了。」

他的出現在圖書館引起騷動，刷的一聲，能跑的半妖學生都跑了，還有跑不掉的乾脆暈倒在座位上。

周明呼吸困難的僵硬端坐。她覺得像是被樟腦油、乳香、肉桂，還有殺蟲劑塞了一肚子。她要死了……她眞的會死……

殷曼分了一點氣給她，悶笑著跟在君心身後走出學校。

君心瞪著眼睛。他有沒有看錯？他的小曼姊……在竊笑。就跟、就跟尋常的少女沒什麼兩樣。

或許楊瑾是對的。來上學，對小曼姊是有好處的，就像她在小鎭的時候。

但是，上學對他卻他媽的一點好處也沒有！動了動肩膀，君心只覺得痛得不得了。

「跟同學打架嗎？」殷曼關懷著。

「沒！哪有那種事情！」君心故作朗笑，「只是社團活動啦。」

「什麼社團活動？」

悶了一會兒，君心說：「自由搏擊。」還帶點法術和符咒。他今天特別倒楣，被噴了一身的黑狗血，害他中午詛咒著洗了很久的衣服，還差點把同學的吹風機給燒了才弄乾衣服。

殷曼看著他衣角的燒焦痕跡，卻只是笑笑，沒有作聲。
男孩子大了，友情的表達方式總是比較激烈嘛。她寬容的笑了笑。
夕陽將他們的影子拉得很長很長，親密的靠在一起。

第四章 君心的倒楣校園生活

去學校對君心來說，基本上是個災難。

他第一天去報到的時候，一顆心馬上下沉。雖然時間還早，但他也知道這是什麼地方——這不就是夜市環繞、被笑稱是「夜市附屬大學」的那一所嗎？

因爲特別繁華，人氣特別旺盛，稍有點妖怪體質的眾生都會受不了這種繁華到不堪忍受的所在，逃個無影無蹤……也就是說，大概除了人類，連亡靈都不太能存附得下去。

但是，歷經了這麼多事情，他對人類眞是深痛惡絕，巴不得剔肉還骨，他還寧願去上其他有妖怪的學校呢。楊瑾到底是怎樣，硬把他塞來這兒？

他垂頭喪氣的走入校園，結果第一堂下課就出了事情。

還沒搞清楚發生什麼事情，他已經被襲擊了。交手了好一會兒，逼得他不得不現出原形，才能跟這個莫名其妙的襲擊者打個勢均力敵。他呼喚珠雨，卻被眼前這個皮膚蒼白、眼神銳利的少年逼住，揮動鐵鍊打散了他還不成氣候的珠雨。

「妖怪，容你擾亂人間嗎?!納命來！」那少年怒吼，卻有些上氣不接下氣。

「當妖怪也比無恥的人類好呢。」君心冷冷的說。突如其來被襲擊，他也生氣了，長髮宛如席天之雲，洶湧的奔向那個不自量力的少年。

那少年執起宛如桌球拍大小的奇怪東西，往他的長髮一拍……君心覺得像是被一股其大無比的力量衝擊了魂魄，翻騰欲嘔，居然維持不住飛頭蠻的法像，啪的一聲倒在地上。

慘了！爲什麼會這樣……護身飛劍都寂然不動，讓他有些著慌。身經百戰的君心努力想要爬起來，卻沒了力氣。咳出一口瘀血，他按著口袋的護符，想趁那個奇怪的少年欲下殺手時，找個機會先溜再說……

哪知道那個少年臉孔更加慘白，張著嘴望了他好一會兒，「……你是人？」他的聲音顫抖著。

「你沒長眼睛嗎？」君心沒好氣的。

「……姚夜書！」那少年吼了起來，「你騙我說有妖怪溜進來了！」

「呵。」一隻白得像是透明的手掩著口，整個人白得有些朦朧的少年溫靜的回答，「我又不會分。反正你也沒打死他呀，小司。」

「我拿鎮魂牌打無辜的人類……」小司望著手上的鎮魂牌，發出淒慘的尖叫，「我什麼時候可以回地府啊～～」咻的一聲，他消失了。

那個蒼白得不像是人的姚夜書，笑咪咪的蹲在地上，看著魂魄受創的君心。

「那個傢伙……」君心艱難的開口，手指發著顫。

「你說小司？他是地府的陰差。勾司人你知道吧？」姚夜書依舊帶著詭異的笑，「小司呀……殺妖怪是不怎麼俐落，剛好是人類的天敵。」

「你……你……」君心瞪大眼睛，他真的越來越分不出來……這個詭異的傢伙該不會是鬼還是殭屍吧？

「我是人喔。」他咯咯的笑起來，但是眼中帶著一種令人膽寒的光芒。「對了，你要不要看看我的故事？我是小說家哦。」他掏出一大疊印滿了字的Ａ４紙張。

君心狐疑的想接過來，卻很本能的猛然收了手。「不，謝謝你。」跟勾司人混成一堆的人類，用膝蓋想也知道很邪門吧？

「啊，好棒的野獸本能啊。」姚夜書依舊咯咯的笑，「小司若有你一丁點的野獸本能，也不會被我拘束在這兒不能回陰府了呀。」他托腮，若有所思的，「你眞是個有趣的人。」

雖說陰差不算是神格多高的陰神，但是掌管了「死亡」這樣至高無上的法門，眾生別說拘禁，連爭鬥都會盡量避免。雖然姚夜書神情詭譎，但是細眼觀看還是個人類，而且是個沒有修煉過的人類。

而他居然能拘束住陰差?!君心打從心裡發寒。

「有機會再見吧。」姚夜書用毛骨悚然的雙眼看著他，冰冷的手輕輕的拍他的臉頰，「我也這在兒唸書喔……」

他咯咯笑著，緩緩的走開。君心像是被蛇盯住的青蛙，僵了好一會兒才能動彈。

那個人……到底是什麼啊?!

艱難的站了起來，他發現地上有本小冊子。他狐疑的拿起來，原來是本《重大傷病手冊》。

翻開來，發現是姚夜書的。他的重大傷病是——重度精神分裂。

君心甩了甩有點暈的腦袋，覺得有點發寒。姚夜書奇怪的眼神、奇怪的笑聲，讓他覺得越來越冷。

大學，還眞是什麼都有啊……

當天下午，他就很理直氣壯的蹺了課，怒氣沖沖的衝進楊瑾的診療室，把病人和護士嚇了一大跳，而楊瑾只是慢條斯理的擦了擦眼鏡。

君心非常粗魯的拉下病人腦袋上盤著的小鬼，一腳踩下去。「好了，你的病好了，回家睡覺吧。」

苦於失眠的病人被他嚇得半死，突然覺得一陣陣的昏沉，竟趴在桌子上開始打鼾。

楊瑾無奈的看著他，出聲喚護士：「劉小姐，請扶他到後面的病床上躺一下。」

跟著楊大夫久了，什麼怪事都不能打擊到這個步入中年的資深護士，她應了一聲，將酣睡的病人扶到後面，拉上簾子，表示她無意偷聽。

「……孩子，」看在殷曼的面子上，楊瑾耐著性子，深深感受到愛屋及烏的困難之處。「你就算把那隻小鬼踩扁了，他還是會跑回去讓病人失眠。要解決這問題，只能讓他的精神強健起來，才能漸漸的拔除病根，解決失眠的毛病……」

君心突然了解，爲什麼當初狐影要把殷曼託付給楊瑾了。這個死亡天使和大妖飛頭蠻有種相類似的韌性，說得白些，就是烏龜似的耐性。

人生苦短，哪有辦法這樣慢騰騰的爬！

「爲什麼要把我送到那所學校去？」他快冒火了，「那個學校——」

「那學校人氣旺，不會有什麼妖怪。」

「是沒有妖怪。」他氣得發抖，「但是有個陰差和陰陽怪氣的神經病啊～～」

他到現在還有點想吐。幸好他的修煉有點成績，不然讓鎮魂牌這樣一打，早把他的魂魄打出來了！

「哎呀，不是我在說。」楊瑾很有耐性的解釋，「你好好一個人，還能讓陰差誤認，可見你該檢討、檢討了。你用什麼方式修煉我不管，但是總不能弄到失了人的根本——」

他問什麼，他回答什麼呀~~

「我才不想當什麼人類呢！」君心氣得直跳腳，「人類是最貪婪、最可惡的生物了！有上哪麼一絲半點的能力，就貪得不得了！小曼姊會吃這麼多苦，還不都是人類害的？生前貪，死後變成妖異更貪！人間貪，變成神仙更是貪到目無法紀、胡說八道了！我做什麼要當什麼人類？我要跟小曼姊一起當飛頭蠻！」

這算不算是族群認知嚴重偏差症候群？楊瑾摩挲著下巴想著。就像小狗養大了不會長大成人一樣，這小子就算再怎麼修煉，也不會變成飛頭蠻。

他輕咳一聲，「你看了姚夜書的小說嗎？」看君心的臉突然變得死白，就知道這小子還算有點本能，沒去接來看。「算你聰明，看了可就跟那個倒楣的鬼差一樣了。」言下之意居然有點遺憾。

他……是故意的吧?故意要讓他被那個人類拘束起來，好跟小曼姊分開?!

「你、你你你……」君心氣得想要一把扼死他。

「討厭自己的族群是不對的。」楊瑾抬頭看了看時鐘，「姚夜書雖然怪，但是對人倒是很有看法。而且，像你這樣對眾生沒有偏見的人，反而歧視一個精神病患?要知道，精神病患在罪犯之中的比例是非常微小的，眞正犯下罪惡的，是神志清明、健全的人類。」

他站起來，非常優美而準確的一踢，將君心踢出診療室，「別打擾我看病人，後面排隊的人可多著呢。」

君心想再衝進去，可那個該死的門設下了結界，讓他連門都找不到。

「這世界上不是只有殷曼一個。」楊瑾揚聲，「你若搞不清楚這點，連珍愛自己的眷族都辦不到，那就眞的不算是生物了。乖乖去學校吧!設法弄清楚你到底是不是生物!」

君心氣得發怔。不是生物，難不成他是石頭?!

他搗著發痛的屁股，巴不得咬楊瑾幾口。該死的死亡天使！不是被免職了嗎？怎麼還有聖力護身？他的屁股好痛啊……

雖然心情很糟，但是去接殷曼放學，看小曼姊還滿開心的，君心滿腹的牢騷只好悶在心裡，默默的回到家裡。明天！明天他一定不要再去那個該死的學校……

「我記得殷曼說過，她不喜歡逃學的人。」晚歸的楊瑾正看著新聞，「畢竟她這樣一個苦學勵志的大妖，對於那種懶惰的人總是存有鄙視……」

……他怎麼會是天使？他根本是魔鬼吧?!

「我明天會去學校。」咬牙切齒的君心回房，緊緊咬著枕頭才沒破口大罵。

他的臉色很壞，壞得有些發青了。

就這樣，在那所夜市附屬大學過了幾天，他就打了幾天的架。那個陰差沒再找他麻煩，但換了一個小有道行的混血兒——就不知道是混了老鼠還是松鼠。

然後是個牧師，接著是個道士，之後又來了一個純種的難訓。

不是說人氣旺，沒有妖怪嗎？難訓和半妖不算是妖怪嗎？那個牧師和道士又是怎麼回事啊?!

「他們都是我的讀者。」陰魂不散的姚夜書蹲在他的身邊，笑咪咪的遞出面紙，「因爲我誇了你幾句，他們就來找你動手了。」

君心瞪了他兩眼，沒好氣的接過他的面紙，擦著鼻血，心裡一陣陣氣悶。

「不過，」姚夜書托著腮，「我沒打算道歉。」笑瞇了一雙彎彎的丹鳳眼，「因爲這樣很有趣呀。」

君心氣得鼻血又噴出來，只好緊緊的摀住鼻子。「你是故意的吧?故意找我麻煩?我是哪裡惹了你呀~~」

「沒有呀。」他的眼睛很清澈，雖然是令人毛骨悚然的清澈。「只是我覺得很有意思，第一次看到這麼有人味的人。」他冰冷得像是蛇的手指摸著君心的下巴，「很有趣喔……」

君心全身的雞皮疙瘩豎立，想也沒想就拍掉他的手，像是拍掉毛毛蟲似的。

「幹什麼動手動腳的!」

「……」姚夜書依舊蹲著看他，頭不轉動，只有細細丹鳳眼瞅著他，讓人有種極其恐怖的感覺，像是被鬼魅盯住一樣。

「欸，你不會愛上我吧？」君心脫口而出，「我心裡有人了。」

姚夜書張大眼睛，鬼魅的感覺一下子就消散了。他哈哈大笑，而不是鬼魅似的咯咯笑。「你啊，真的是太有趣了。」他擦著眼淚，「來吧，你看了我的小說，我就不再煩你。」

「不要。」君心連想都沒想，一口回絕。

「這樣啊……」姚夜書很遺憾的站起來，「這樣還是會一直被煩哦。」

「來就來啊，誰怕誰！」君心掙扎了一下，終於在全身痠痛中爬了起來。

「咯咯咯咯……」姚夜書繼續發出讓人發毛的笑聲，「很好。」轉身輕飄飄的走開了。

……這個人，比什麼妖魔鬼怪都來得恐怖多了。

一轉頭，陰差蒼白得像是殭屍的臉孔，大特寫的出現在他面前，讓君心發出淒慘的「哇」一聲。

「叫、叫什麼叫！」陰差被他嚇得跳起來，「你要把我嚇死啊！」

「我、我才會被你嚇死哩！」君心覺得他的心臟被嚇得無法歸位了。「你貼這麼近幹嘛？」

「呃？不好意思不好意思，職業病、職業病……」陰差道歉了半天，嘆了口氣，「該說你聰明呢？還是說你笨？其實你接過他的小說看完，以後就不用打架……」他沮喪的垂下腦袋，「但是事情也就大條了。」

「到底他的小說有什麼門道？」君心只覺得滿腹疑雲。其實好幾次他都想拿來看看，但是那種該死的不祥感覺讓他毛骨悚然。這種戰慄感，只有天孫的神威可以比擬。

但是，這個像鬼一樣的姚夜書，明明是個領有重大傷病卡的人類啊。

「其實呢，他也只是個很會說故事的小說家。」陰差深深的感到沮喪，「該死的是，每個看過他小說的眾生，都會被迷得亂七八糟，只會問『後面呢』……」

等等，迷惑眾生？包括陰差嗎?!

「我是第八個來取他性命的陰差。」他快哭出來了，「也是最後一個。因爲陰府實在沒辦法再承受人手短缺之苦……我也想回陰府啊！」陰差毫不害羞的放聲大哭。

「他……綁著你嗎？」君心毛骨悚然。

陰差搖頭，噁心的眼淚亂甩一通，讓君心滿想去拿把傘的。「不然，你怎麼不能回去？」

「回去就、就看不到他的小說了……」陰差啜泣著。

君心無言的看著天空，沒想到上邪說得那樣中肯——當了神仙，就會有輕重不一的腦殘。連個神格不高的陰差，也腦殘得緊。

花了不少時間，他才從啜泣的陰差嘴裡，拼湊出一點眞相。

這個叫做姚夜書的人，是個小說家，甚至有個部落格放他的小說。當然，他也出版了幾本書，不過在他精神分裂之後，反而越來越紅，書越出越多。問題不在於他出的書上頭，而在於他的讀者們。

自從他發了瘋，被關進精神病院後，他莫名其妙的稍稍痊癒，開始說故事給眾生聽。

幾乎是一看過或一聽過他說的故事，再怎麼凶殘的眾生都會臣服在他的腳下，然後很甘願的（或許不是那麼的甘願）供他驅策。

當中就包括那八個準備來接他的陰差。這個嚎啕得宛如狂風暴雨的陰差，是當中年紀最小的，他很不甘願的接受了姚夜書取的名字，叫做小司。

「……他不是關在精神病院裡嗎？」君心覺得後頸的毛髮都站了起來。

「哎唷，我的李大爺……」小司哭喊起來，讓君心無奈的堵住耳朵。什麼叫做鬼哭神號，他總算是了解了。「連陰差都讓姚大耍著玩，其他的小精小怪跑得掉嗎？他大搖大擺的來學校玩耍，有個活受罪的小怪變成他的模樣在醫院裝瘋呢……」

「你是說……」君心心都發涼了，「他、他的病從來沒好過？」

「他的病若好了，哪寫得出這麼棒的小說？」小司哭得更慘，「不瘋狂的天才還有戲唱嗎？」

他……和一個重度精神分裂、可以用小說驅策眾生的神經病，在同一個學校當同學？這會不會太危險啊？

第一次，君心感到束手無策。

如果姚夜書是妖怪，君心自然可以以力對應。如果他是逸脫的神仙，君心可以發函給神仙的上司打小報告。如果他是道士、牧師，君心可以努力說理，證明自己沒有任何劣跡，必要的時候還可以請楊瑾或花神老闆擔保，輕鬆如意。

但是……一個沒有修煉過的人類？

「他殺過人沒有？」君心有氣無力的問，「還是驅策眾生害過人沒有？」

「我的爺，可以的話，我也希望他害過人。」小司吸著鼻涕，「但是，他除了樣子鬼里鬼氣，吃飯上課之餘，就是窩在宿舍寫小說。連女人都不看，害過什麼人啊……」若害過人命，還可以申請天誅。可他只在小說裡殺人，這又不犯天條。

「呃……他拒捕。」君心絞盡腦汁，「他不是不讓陰差抓走他嗎？」

小司瞪了他一眼，像是看到神經病。「他兩手開開歡迎我們帶他去投胎！是我們聽了他的故事不可自拔啊……」他繼續埋首哭泣。

楊瑾幹嘛叫他來這個危險的學校上課？他就知道那個披著天使外皮的魔鬼不安好心眼！

氣悶是很氣悶，但是細想又覺得很毛。這個詭異的姚同學目前雖然安分，頂多挑撥幾個讀者來找他麻煩，但是，誰知道他發起瘋來會怎麼樣呢？小曼姊的學校和他離得可不遠……

更何況，他是個居心叵測、陽壽已盡的人類！

不行，怕是沒有用的。鬼鬼祟祟不合君心的個性，他非常直接的在學生餐廳找到姚夜書，坐在他的對面，滿臉凝重的把他的《重大傷病手冊》推過去。

「哎呀，我還以爲弄丟了呢。」姚夜書雖這麼說，卻沒有半點意外的表情。

「不是你故意弄丟給我看的嗎？」君心拉長了臉。「你到底有什麼用意？你還有什麼心願未了？」

看了看姚夜書桌上的午飯，君心皺了皺眉。他是女孩子嗎？居然只有一杯果汁、一盤青菜和半碗白米飯。男人減什麼肥啊……更何況，姚夜書已經瘦得跟竹竿一樣了。

「心願？」姚夜書啜著果汁像是在吃藥，「人活在世上總是會有許多心願的。」

「但是你陽壽已盡。」

「但是我小說還沒寫完呀。」姚夜書放下果汁，隨便夾了兩筷子青菜就算吃過了。「況且陽壽已盡的又不是只有我而已。大妖飛頭蠻……」他又露出鬼氣森森的笑容，「她的陽壽早盡了不是？」

果然……君心一把扯住他的手腕，姚夜書額頭滲出汗，卻還是咯咯的笑個不停。

「我不會給你機會害小曼姊的！」君心咬牙切齒。

「爲什麼我會害她呢？」姚夜書還是氣定神閒，「因爲我是瘋子？但我還是個普通人類，也不怎麼想擔負人命的沉重。我和大妖飛頭蠻有什麼不同？同樣都陽壽已盡，還賴在人世不走。爲什麼你認爲她的命比較貴重，我的命就輕如羽毛？」他輕輕摸著君心的臉龐，「我和你，可都是人類哦。」

君心狼狽的推開他，一陣陣的發毛。

「看看我的小說吧。」姚夜書掏出一大疊印滿字的紙，「看了我就不煩你。」

當然，他也知道不看比較好。但是君心看著他，覺得他不正常的眼神中有股淒然的悲哀，所以他伸手去拿了。

那是個很悲傷、很長的故事，非常迷人，但是，君心卻覺得冷汗涔涔。他看了一夜，第二天帶著兩個黑眼圈去學校。

「後來呢？」他的聲音帶著惶恐和憤怒，質問著姚夜書。

「我不知道。還沒發生不是嗎？」姚夜書含著笑。

「這明明是我和小曼姊的故事！」君心怒吼。

君心的心整個涼了。他開始意識到危險性，若是這個人類有辦法書寫他們的過去，會不會也能夠虛構他們的未來？

難道眾生們看到的也是他們的過去嗎？

「不是。」像是可以看穿他的想法，姚夜書微笑著，「這是斷頭的小說之一。我還不知道後面會怎麼樣，所以還沒辦法寫。再說，我產量並不多，這是我眾多長篇連載中的一部。」

他斜斜的看著君心，居然有種媚態。雖然猶如鬼魂。

「我之所以可以苟存下去，就是因為這些故事。我喜歡寫，但我也討厭寫。我喜歡這些讀者，卻也恨他們。」姚夜書輕輕嘆了一口氣，在這樣的天氣，居然呼出濃濃的白氣，「我的生存意義只剩下寫，像是被什麼附身一樣鞭策著前行。我已經很久很久沒睡好了……但讀者還是在催稿呢。」

他凝視著虛空，「……說不定，我不是被鬼魅搞瘋了，而是我本來就已經瘋了。打從我書寫眾生以後，可能就已經瘋了吧……瘋得這麼徹底，瘋到我想見見你，見見我筆下的主角……」他的聲音越來越輕，輕得像是耳語。

「在寫完所有的故事之前，我應該不會死吧……」姚夜書咯咯的笑起來，「我的眾生讀者不准我死去，也不准我老吧……看你這麼有精神，我就放心了。」

他的眼神瘋狂卻又清醒，「當歲月帶走所有我熟識的人，你，我的主角，還會活在時光長流中，等待和我重逢吧。」

這樣的悲哀，這樣的痛苦，夾雜著一絲絲的快樂。無法吃，無法睡，瘋狂的書寫著，像是永遠服不完的無期徒刑。

「……現在還來得及吧？」君心陰霾的說，「人類就是人類，和眾生不該牽扯太深！只要擺脫這種無謂的因緣，就可以回到人世正常的生活啊！你——」

「不要。」姚夜書溫和的回頭一笑，「我要一直寫下去。當然，我不會寫你們後來的事情……總有一天，命運會告訴我，你們的故事。」

我的歲月，無窮無盡。在眾生的百鬼夜行中，載歌載舞，用我的筆。

「這個還你吧。」姚夜書張開嘴，一團小小的光亮飛了出來。「就是這個小東西保住我最後一絲靈智。還你吧……我要繼續當我的瘋子了。」

是大妖飛頭蠻的靈魂微塵。只要啖食過，就無法忘記的美味。眾生無法抗拒，人類也無法例外。

但是，這個陽壽已盡的姚夜書，卻這樣放棄了。

「爲什麼？」君心無法了解，「爲什麼你能自動放棄還我？」

姚夜書托著腮看他，「人類是很貪婪的啊……但是各有所貪。仁者貪仁，智者貪智；父母貪子女，愛人貪愛人……你眞的是個非常有人味的人……」他笑起來，瞇細一雙丹鳳眼，「你不也貪著大妖飛頭蠻，貪她的一切，連死亡的安寧都不給她嗎？」

原來，最貪婪的人，居然是自己。

握著那顆微塵，君心呆呆的，說不上心裡是什麼滋味。

「對了……」姚夜書的聲音遠遠的飄過來，「有段情節還沒寫，但是應該要發生了……你會得到一個常常吵架的道士朋友哦～～」

什麼？

君心還沒反應過來，一柄桃木劍已經劈了過來，若不是他閃得快，那劍已經劈在他的天靈蓋上。

「大膽妖孽，光天化日之下也敢出來作祟！」粗眉大眼的少年衝了出來，撒出大把黃紙，「看我的家傳寶劍！」

緊接著，君心被灑了一身的黑狗血。

這個人不人、鬼不鬼的瘋子！臨走還擺他這一道！等陰差小司拖住那個意氣風發的笨蛋道士，費盡唇舌終於讓他相信君心是人不是妖怪時，君心已經全身都是狗血黏著黃紙，還被打傷了肩膀，狼狽得不得了。

「我姓司徒，單名楨。」年輕道士不甘不願的伸手，「你真是人？妖氣沖天的。」

氣得發抖的君心，沒好氣的碰了碰他的手。

他可一點都不想要一個不長眼的笨蛋當朋友。

姚夜書走了他很高興，但是爲什麼換了一個笨蛋來？他的大學生活怎麼這麼命苦啊……

可憐的君心，沮喪的頹下了肩膀。

第五章　不周之書

姚夜書還給他的微塵，君心卻一直裝在小小的水晶瓶子裡，沒有交給殷曼。

呿，那個鬼里鬼氣的瘋子！怎麼可以不觀察幾天就冒然拿去給小曼姊？萬一他在微塵裡搞什麼鬼怎麼辦？

君心試圖說服自己，卻發現理由是這樣的薄弱。那個鬼里鬼氣的死瘋子畢竟是個凡人……好吧，擁有一些言靈之力的凡人。或許眾生會爲他迷醉，但他不受這種魔力的影響，小曼姊當然也不會。

他焦躁的踱步，試著想其他藉口。

說什麼他都不想承認，他擔心失去了這顆微塵，原本還可以保持部分清醒的姚夜書，可能會瘋到連人都不認識了。

尤其是把微塵交給他之後，姚夜書和小司都不再來學校，更讓他寢食難安。

聽得腦後風響，君心連頭都沒回，反手甩去一記「書擊」。他在大學裡唸的是哲學，要知道，他們的老教授偏好原文書，還是精美厚重到足以當凶器的原文書。

發動突襲的司徒楨，當場摀著流血不止的鼻子，蹲在地上無法作聲。

「……你這妖孽！下手眞不知輕重！」司徒楨甕聲甕氣的說，「我一定要揭穿你這張人皮，你瞞天騙地，連陰差都讓你騙了，別想騙過我這道行高深、英雄出少年的天才大師！」

君心斜斜的睇了他一眼。這種笨蛋會是他的朋友？他前輩子到底造了什麼孽？「流著鼻血講這種大話，很沒有氣勢，你知不知道？」

「……」司徒楨掏出符咒，正要炸出去，卻發現他手上的符咒成了一隻隻蝴蝶，飛得他滿頭狼狽。

原來……花神老闆教的三腳貓幻術就是拿來對付這種三腳貓道士的。眞是什麼鍋配什麼蓋……君心自棄的嘆了口氣，轉身往教室走去。

「喂！我們還沒分出高下！」司徒楨往鼻孔塞了兩團衛生紙，氣急敗壞的追了過來。

……這，還需要分嗎？

君心進了教室，挑了最靠近講台的位子坐下，司徒楨忿忿地往他旁邊一坐。他雖然沒有常識，但是也知道這是在知識的殿堂，所以倒也不敢放肆。

其實眞正的理由是，上課的老教授老到快歸西了，連話都講得不甚清楚。但是雖然年紀這麼大一把，火氣卻不輸給血氣方剛的少年。上回有人在教室講話，他破口大罵到暈厥，差點一命歸西。從此嚇得他的學生們上課都肅靜非常，宛如守靈。

他司徒楨可是遵守傳統道德的有道大師，氣煞師尊是大罪，他絕不會犯下這種錯。

偷偷看了君心一眼，發現他貌似專注的聽著教授講課，手裡還不停的寫著筆記。這傢伙到底是什麼？他眞的越來越迷糊了。

他們司徒家是天師道一脈相傳的正宗，熬過多少大風大浪，直到清末，才舉家遷往歐洲，表面上是棄宗西化了，但事實上，司徒家隱匿在西方，卻堅守著道門的傳承，只是從師徒相承轉爲父子相承，並和西方除魔的大機構有著良好的合作關係，且將幾乎失傳的道門正統延續下去。

事實上，繼承司徒家家業的是司徒楨的大哥，原本司徒楨可以不學道，但他從小天賦就高，甚至他父親還考慮過讓這個次子繼承家業，而非長子。

不過他個性太好強，太狂於斬妖除魔，這點讓天性仁厚的司徒家長不喜，勒令他外出磨練。所以他十五歲就往大陸去唸書，後來又來到這個小島。

從小他就因爲天賦引來了不少垂涎的妖魔妖異，所以，他對妖魔眞是熟悉到不能再熟悉，他的專長就是「劾名」。只要讓他看過一眼，就可以分析出妖魔的品種和專長，並且從其弱點痛下殺手。

但這個名爲「李君心」的傢伙卻讓他束手無策。

這傢伙，從頭到尾就是個「雜拌兒」。他有著人的軀殼，卻有著妖怪的內丹。法術更是雜到一個極致——飛劍訣、五雷法、妖火，他似乎還會一點兒西方的白魔法和黑魔法，甚至有些是他看都沒看過的怪招數。

更讓他摸不著頭緒的是，他居然會一點兒花神護體和狐魘。

什麼跟什麼……仙神妖魔法術大集合？

「你到底是什麼東西？」個性暴躁直爽的他乾脆問了這個怪物。

「你才是東西吧？」君心瞪他。

「誰說我是東西?!」司徒楨暴跳起來。

「原來你不是東西。」

「你才不是東西呢！」司徒楨氣翻了。

該死的姚夜書！這個笨蛋是故意「安排」給他的嗎？

「喂，你認不認識姚夜書？」可能是悶到一個境界，君心轉頭問了司徒楨。

「我認識啊。」被轉移注意力的司徒楨也忘了自己的火氣，「我是他的讀者。你不知道，他文筆真是好啊，對於眾生有種獨特而正確的見解。我是從他的《應龍祠》開始注意到他的，你不知道，他從來沒出過這個小島，卻可以把遙遠大陸的景色和發生過的事情寫得維妙維肖。我在大陸就是他的讀者了，還去尋訪過應龍的傳說和遺跡呢……」

……不但是個笨蛋，還是個話很多的笨蛋。

「那你知道他住在哪兒？」君心沒好氣的問。

「知道啊。」司徒楨完全忘記他和君心的不對眼，將手搭在他的肩膀上，「你不知道？哎，難怪啦，他住的地方不是很多人能理解的……但是，一個天才總是有點瘋狂，不瘋的還能叫做天才嗎？他最近回去閉關了，聽說要寫部鉅作。眞令人期待啊，不是嗎……」

君心忍受他的滔滔不絕長達五分鐘，「麻煩你說重點好嗎？他到底住在哪裡？」

「你要幹嘛？」司徒楨這才警覺起來，「如果你想對他不利，我告訴你喔，他的讀者們可都不會饒過你……」

其實他還滿怕他的讀者……君心自棄的想。若是他的讀者每一個都這麼嘮叨，用不著動手，他就會因爲精神極度疲勞，不戰而敗。

「我只是想去看看他有沒有什麼異狀。」他大聲的打斷司徒楨的話，「因爲我很怕他會瘋到連寫作都不能。」

這話眞的把司徒楨嚇壞了，他堅持要帶君心去。雖然不想跟這個人氣太濃郁的傢伙有什麼瓜葛，君心還是不太情願的跟了去。

結果他們來到了一家醫院，而且還是君心非常熟悉的醫院。這……不是楊瑾老大駐診的醫院嗎？

然後，他們來到了精神科住院部等待會客。

嗯……想想姚夜書的重大傷病卡，在這邊等似乎也是應該的。

結果這個發瘋的作家一出來，臉拉得極長，對著司徒楨劈頭就罵，「不是說我在忙嗎?!每個人都來找我，我都不用做事就對了？要稿子沒有，要命一條！再吵我就砸了筆電，大家都看不成！」

看他這麼火氣十足，神志似乎非常清明，眞是太好了……君心覺得自己眞是個傻瓜，還爲姚夜書擔心這麼久。

這個陰陽怪氣的傢伙就算斷手斷腳，大腦切除一半，大概也還會活蹦亂跳吧？

「呃……不是我……」向來囂張的司徒楨氣勢一下子萎縮下來，將君心推擋在前面，「是他是他，是他吵著要來探望的……」

君心扁了扁眼睛，「……對，是我。」他不懂眼前這個娘娘腔的瘋作家有什麼好怕的，從陰差到道士居然都怕他。「喏。」他把裝著微塵的瓶子遞給姚夜書。

姚夜書收了火氣，饒富興味的看著君心。「哦？你把微塵給我？」

君心臉上一陣不自在，「反正我和小曼姊的歲月悠長，而你，不過是個短命的凡人。失了微塵，萬一……」他把後半截的話吞下去，硬把瓶子塞進姚夜書的手中，「等你天命終了，我們自然會來收回。」

姚夜書用那微微上揚的丹鳳眼看得君心直發毛，好一會兒才爆出高亢的笑聲。「你真的會比我長壽？我天年早盡了，只是陰差抓不走我。」

他仔仔細細的看著君心，露出一種滿意的表情。「我很少有機會和我筆下的主角面對面的。我是說，活著面對面。」

他用一種令人毛骨悚然的眼神注視著君心。見過多少大風大浪的他，被這瘋子看得直發冷。

「我用不著微塵了。」姚夜書恢復譏誚又冷靜的神情，「只要我還在寫，就可以保持一種恐怖平衡。但是我還滿開心的……咯咯咯……」

君心撫著自己手臂上的雞皮疙瘩，暗暗詛咒著，「那能不能麻煩你……修改一下情節？」他指著背後的司徒楨，「至少把他刪除。」

「辦不到。」姚夜書一口回絕，「不，我不是拒絕你。而是某些寫在時空裡的小說，我沒有修改的能力。你要知道，我只是『看到』，然後『寫』出來。我無法修改你們的過去，也不能篡改你們的未來。」

「那你到底可以做什麼？」君心發怒了。

「繼續在時空中偷窺你們。咯咯咯……」姚夜書回答得很乾脆，並且發出一聲聲陰陽怪氣的笑。

要不是司徒楨架住了君心，他眞的會衝上去試圖打爆這個瘋子的腦袋。

「不過我可以給你一個線索。」姚夜書豎起纖白的食指。

「你最好快說！」君心氣翻了，「若是要再安排笨蛋朋友給我，那就不必了！」

「等等，」架著他的司徒楨抗議，「喂，什麼笨蛋朋友？」

無視於這團混亂，姚夜書的眼神穿過他們，注視著虛無，「不周之書。」

「什麼？」

「你們要先找到問題的根源啊。」姚夜書依舊笑著，眼光渙散，「我已經破例『劇透』了，還找不到的話，我也沒辦法……」他悠哉的往回走。

「鬼才聽得懂你說什麼！你給我回來！姚夜書！」君心怒吼了。

醫院的護士也怒吼了，「這裡是醫院！小聲點！」

君心和司徒楨一起被趕了出去。

雖然是個薄弱得等於沒有的線索，君心還是抱著姑且一試的心態去追查這個答案。

他瞥了一眼狼吞虎嚥的司徒楨，「……你該不會知道什麼是『不周之書』吧？」

滿口食物的司徒楨瞪他一眼，勉強嚥了下去，「……姚大還沒寫，我怎麼會知道？」

很好，這是他的錯。君心氣悶的想，他會去問這個書癡，就是他的不對。快快的吃完午餐，他拿出手機，試著撥給最有可能知道的人。

「喂？狐影叔叔？」

「我在忙！」狐影氣急敗壞的嚷，對著旁邊的人怒吼，「你們夫妻吵架去外面好不好？我這不是法院，不能幫你們辦離婚！我只是倒楣的狐王代理者，不是他媽的法官啊！等一下，等……」

話筒那頭傳來熟悉的爆炸聲，然後是砂石簌簌落下的聲音。

瞧，他不在還是會有別人炸屋頂啊。只能說，幻影咖啡廳的屋頂被炸是有固定配額的。

「你們炸了我的屋頂！」狂怒的狐影摀著話筒，卻還是讓君心的耳朵嗡嗡響。「如果不馬上修好，我就要變成暴君了！對，你們別跟我抱怨，嘴巴動手也要動啊！不在日落之前修好，你們夫妻倆就準備吃個一千年的牢飯吧！小孩？都要離婚了還管小孩？沒修好我就把小孩賣去馬戲班！」

「狐影叔叔……」君心好意的提醒，「現在都叫做馬戲團，沒人講馬戲班了。」

「……你也想被賣進去嗎？」狐影原本嬌媚的聲音隱含著雷霆之怒。

君心縮了縮脖子，決定不去糾正他的錯誤。「叔叔，我是想跟你問件事兒。」

「問吧。」狐影疲倦的抹抹臉，「反正大家都不讓我安生，成天跑來鬧鬧鬧的，我就知道你也應該會來插一腳。」

幹嘛把他說得好像專職惹麻煩似的？君心有些傷悲。「狐影叔叔，你知道什麼是『不周之書』嗎？」

「啊？」狐影愣了一下，「什麼『不周之書』？你哪兒聽來這奇怪的名詞？」

「呃……」君心搔了搔頭，「這很難說明。總之，有人跟我提示，若要解決這一切，得先找到這東西才成。」

「誰啊？」

「……一個發了瘋的作家。」君心硬著頭皮回答。

好一會兒，狐影沒有說話，只傳來粗重的呼吸聲。君心覺得不妙，把手機拿遠了些，卻還是被狐影暴怒的聲音震得耳膜發疼。

「你居然聽信作家的胡說八道來吵我？還是個發瘋的作家?!」狐影「磅」的一聲摔上了電話。

君心晃了晃有些暈眩的腦袋，發現滿餐廳的食客都瞪著他，司徒楨乾脆鑽在桌子底下尋求掩護。

他尷尬的笑了笑，不知道跟誰解釋的丟下一句，「叔叔的心情不太好。」趕緊結了帳落荒而逃。

看來，叔叔是不知道了。

他發e-mail給花神老闆，花神老闆回了三個字：「不知道」。然後又塞了更多更離奇荒謬的任務給他。

他試著上網查資料，卻查出更多莫名其妙、卻一點用處都沒有的東西，甚至查出「中國女作家出書《死神愛聽周杰倫》接死亡簡訊恐嚇」這種不知所云的資料。

說不定姚夜書只是唬弄他？他居然會去相信一個發了瘋的小說家，也眞的是神經了。小說家說穿了，不都是大說謊家？

就在他準備放棄這個虛無縹緲的線索的時候，「不周之書」居然以一種極度意外的方式落到他手上。

這天，他們老到幾乎要歸西的老教授叫住了君心和司徒楨，要他們來幫忙打掃研究室。

要知道，通常文系的研究基本上是種災難，而老人家的研究室，更是災難中的災難。看著無處落腳，到處堆著岌岌可危、隨時會山崩的書，和雜亂無章的資料，君心眞的嚴重懷疑，這個窄小的研究室是不是剛被原子彈攻擊過。

兩人默默的整理這場可怕的災難，而老教授悠閒的喝著茶，指揮他們把書放在空蕩蕩的書架上，還有一些則要裝箱，「很容易的、很容易的。年輕人，我都分類過了，你們只要擺上去就行了。」

望著直抵天花板的書櫃，君心默默無言。司徒楨也皺著一張臉，礙於老教授在，他又不能施展舞空術。可這個年紀恐怕跟老教授一樣老的書梯，簡直快要散了架，他站在上面膽戰心驚，晃得跟五級地震一樣。

「李君心，你來吧。」他實在晃到頭暈了，「站在上面久了，我有點想吐。」

君心扁了扁眼睛，跳上那個搖搖晃晃的書梯，接過司徒楨遞給他的書，一本本上架。一個不穩，他忙著攀住櫃頂穩住重心。櫃頂都是灰塵，嗆得他直咳嗽，卻摸到一張泛黃的紙張。

報紙吧？擺在櫃頂防灰塵的。君心不甚在意的扯下來，卻發現那是張脆得幾乎要散掉的粗紙，灰塵飛舞，粗厚的大字樸拙的寫著「不周之書」。

他愣住了，輕輕的拍掉灰塵，瞪著這張龍飛鳳舞、卻不怎麼看得懂的紙。

「你要死啦！」司徒楨怒吼，「抖得我滿頭灰！」

「……不周之書。」

「你說什麼？」司徒楨也愣住了。

「老師……你這個是哪裡來的？」君心連聲音都發抖了。

老教授慢條斯理的擦了擦眼鏡，慢條斯理的看了看那張紙，「這個啊？這是我爸爸、的朋友、的叔叔……的伯伯……」

「老師……我們都聽過這段子了。」君心的臉快要發黑了。他急得要死，老教授還在跟他玩「那一夜，我們說相聲」？

「現在的年輕人啊，真沒有幽默感。」老教授發著牢騷，擦著霧濛濛的老花眼鏡，「好吧，老實告訴你……我也忘了。」

君心看了看老到幾乎半截入了土的老教授，深深的吸了幾口氣。「既然如此，這可以給我嗎？」

「當然，」教授滿臉笑容，「不行。」

君心覺得他的忍耐已經到達極限了。對老人家施加暴力的確很難看，但是有些老人家真的會誘發人凶暴化的劣根性。

「你頂多可以影印一份出去。」老教授很善意的說，「不過先把我的研究室整理好再說。」

垮著臉，君心和司徒楨在這宛如核彈廢墟的研究室裡繼續埋頭苦幹。

「爲什麼我也要陪你在這裡吃苦？」司徒楨叫了起來。

「你想不想知道什麼是『不周之書』？」君心冷冷的問。灰頭土臉的他，心情實在很壞。

「姚大的伏筆欸！我當然想！」滿臉灰塵的司徒楨眼睛發出亮光。

「那就賣點勁兒吧。那兒還有五箱書要裝，記得寫上明細。」

爲了這張破紙，君心和司徒楨埋在這些發霉的書和灰塵中足足三天，才總算讓老教授滿意。

拿了那張拷貝本，司徒楨堅持要跟君心回家一起研究，君心看了他一眼，體力過度勞動，加上急著破譯文書，讓他沒有心思去拒絕，抱著疲倦又自棄的心態，讓司徒楨跟著他回家了。

瞧見兩人進門，正準備吃飯的楊瑾和殷曼對視了一眼，眼底滿是納罕。這幾天君心累得回來倒頭就睡，連花神委託的案件都積壓在那兒不管，今天居然帶著一個人類回家？

他沒帶過任何朋友回來的。

「司徒楨。」君心連回頭都懶，「不用準備他的碗筷，他不在這兒吃飯。」

「你這人到底有沒有一點兒禮貌這類的常識啊?!」司徒楨怒叫起來。

楊瑾闔上報紙，很「人類」、也很有禮貌的招呼這位一身道氣的少年，眼中多了些深思。殷曼雖然不喜歡外人，但君心跟同族結交，她也很樂見其成。

但是，看在司徒楨的眼底卻顯得很詭異。他的專長是「劾名」，踢到君心這個鐵板就已經很悶了，現在他又看到隱隱有六對翅膀、帶著金邊眼鏡的西方天使淡漠的邀他吃晚餐，而這個看起來不過十三、四歲的人類少女，卻用帶著妖氣的眼睛沉穩的看著他，神情有著早熟的滄桑。

抬頭一看，二樓扶梯有雙無神的大眼睛望著他，分明是鬼魅……

這是什麼地方啊?!

「你快點吃好不好？」君心不太耐煩，「張著嘴發什麼愣？光張著嘴，飯會自動飛進你嘴裡？」

正常人在鬼屋吃得下飯嗎？吭？他們可不可以不要這麼一副理所當然的樣子啊?!神威、妖氣、鬼惑相融成一氣，讓司徒楨頭昏腦脹起來——尤其是來自楊瑾的衝擊。

他身為僅次於天使長的前任死亡天使，在家裡當然不會去掩飾壓抑自己的神威。這對修行尚淺的司徒楨（照神魔的標準來說），眞的是莫大的衝擊。

他晃了兩晃，翻白眼暈了過去。

「……這種東西還需要拿去鑑定？」楊瑾少有的笑出聲音，「免了，光憑上面的『念』，我就可以告訴你，這約莫是人類二戰時代的產物，使用的是東方慣用的墨和毛筆。」

司徒楨悠悠醒來，偷偷的睜開眼睛。

「第二次世界大戰？」君心狐疑的看著這張粗紙，「這就是『不周之書』？」

「看起來不是。」殷曼端詳了一會兒，她的記憶還很破碎，但是已經足以應付這種程度的問題。她從架上拿下《山海經》，「看起來是研究水神共工傳說的一部分。」

《山海經》？躺在床上裝睡的司徒楨心裡冒出大大的疑問。他當然知道什麼是《山海經》，水神共工是誰，他甚至都可以背了。

「共工觸山，折天柱，絕地維。」折斷的天柱，被稱爲不周山。這，就是「不周之書」的內容？司徒楨覺得有點失望。

「就這樣？」君心也感到相同的失望。

「你先說說看，爲什麼會關心這個？」楊瑾專注的望著君心。

「因爲……有個發了瘋的作家給了我這個線索。」君心硬著頭皮，把來龍去脈說了一遍。

楊瑾卻沒有像狐影一般發怒，他摩挲著下巴，深思之後，微笑起來，「東方凡人的神祕總是令人感到有趣。原來又出現了第二個『史家筆』呀……」

這是啥？君心眼中出現了大大的問號。

「過去有個姓司馬的也擁有這種天賦。」楊瑾心不在焉的看著那張破紙，「他的天賦就是從虛空裡閱讀發生過的歷史。」

驚愕之下，司徒楨脫口而出，「你該不會是說司馬遷吧？」

欸？欸欸欸？他怎麼開口了？在這可怕的鬼屋……他會不會沒命啊？司徒楨心驚膽戰。

楊瑾卻毫不意外，沉穩的點了點頭。

君心無暇顧及發抖的司徒楨，只覺得一陣陣發昏，「楊瑾叔叔，我記得你是西方的死亡天使。」怎麼會知道東方的事情?!

「關注其他天界管轄的範圍，這是合理的收集資料，不是嗎？我派駐東方也有段時間了。」

原來各天界也搞間諜這一套，他算是見識到了。

「看起來，這個叫做姚夜書的『史家筆』能夠略微的看到未來。」楊瑾將那張破紙交給君心，「既然他提及了，你就去不周山看看吧。」

「不周山……」君心感到一陣氣虛，這要跑多遠啊……「這表示我要去大陸出差？到底這個該死的不周山在哪兒呀～～」

殷曼奇怪的看他一眼，「為什麼要去大陸？」

楊瑾沉吟一會兒，淡然一笑，「你不知道也是應該的。畢竟你還這樣的年輕……你現在所在的小島叫什麼？」

「台灣。」

楊瑾點點頭，「葡萄牙人喚她『福爾摩沙』，更早之前被稱為『夷洲』、『琉球』、『大雞籠』、『大員』、『台員』、『台窩灣』……直到清朝定名為『台灣』。但這些，都是凡人的稱呼。」他望著窗外，有些惆悵，「最早的時候，她被稱為『列姑射島』。」

君心突然一震，表情空白了一下。這個名字明明這樣陌生，卻在他心底狠狠地扎了一下，勾起一種異樣的、懷念的、類似鄉愁的氣味。

殷曼凝視著夜空，輕輕的說：「列姑射山在海河州中，山上有神人焉，吸風飲露，不食五穀，心如淵泉，形如處女。」

一旁聽著的司徒楨驚呆了，完全忘記了對鬼屋的畏懼，「《列子．黃帝篇》。」

殷曼鼓勵的對他笑笑。

「列姑射島的神人，說不定是最早的生物。」楊瑾聳了聳肩，「當然，一切都只剩下傳說了。總之，這群『神人』觸怒了當時的天神——別問我是哪方天神，我不知道。在四方天界，列姑射是個禁忌，是禁止提起的——他們被流放出這個仙島，成了許多眾生的祖先。據我所知，東方天界管轄下的大部分眾生，幾乎都根源於此，甚至還有西方天界的部分種族也是，如不死鳥。」

「間接來說，飛頭蠻也是。」殷曼拼湊著模糊的記憶，「雖然我記得不完全。」

這是個飽受摧殘扭曲，幾乎只剩下斷垣殘壁、完全失去仙氣的小島。但卻也是許多眾生寫在血緣裡、無法磨滅的原鄉。就算她的過往因爲歲月的摧殘而被遺忘殆盡，但是遙遠而模糊的鄉愁，吸引許多眾生、人類，回到這個空氣污濁、天空晦暗的小島。

她什麼都沒有剩下。但眾生依舊下意識的渴求、依戀，設法回到這裡。最初也是最末的天柱，也在這裡。

楊瑾解釋著，「萬事萬物都有一個『軸』，一個中心點。若是這個『軸』失去平衡，就會崩潰毀滅。在人類身上，『軸』就是靈魂。在三界，『軸』就是天柱。東方傳說很隱約的解釋過天柱崩潰的經過，而天柱斷裂的遺跡，就是不周山。」

「靈魂出竅，人類多半會死。」君心驚訝了，「天柱崩毀了，爲什麼這世界還存在？」

「你問了一個好問題。」楊瑾回答，「但關於列姑射島的一切，都是禁忌。所以我無法回答你……也不能告訴你在什麼地方。」他從架上拿了本地圖集，翻開某一頁，指著最中間的城市。

君心瞠目看著他，「這裡？在這裡？就在我們所在的城市？」

「我不說是，但也不說不是。」楊瑾豎起食指，「記住，我什麼也沒說。」

「我和你一起去。」殷曼拿起外套。

「小曼姊，妳在家待著。」君心不願意她涉險。

殷曼考慮了幾秒，搖搖頭，「我必須跟你去。」

她說不出爲什麼，原本她就不是長於占卜的大妖。但她有一種感覺，一種類似神之怒即將發動的危險感。空氣中劈哩啪啦的閃著微弱的靜電，這讓她刺痛，甚至有些緊張。

列姑射……一個禁忌的名字。但若君心要去碰觸這個禁忌，至少她得在他的身邊張開結界。哪怕這結界在災厄之前薄弱得微不足道。

君心憂鬱的看她一眼，低下頭。若說這段磨難的旅程教會了他什麼，或許是他學會了——不要推開殷曼的手。

「好，我們一起去。」他鼓起最大的勇氣。

「去什麼地方啊?」迷迷糊糊的司徒楨跟著小跑起來,「是要去什麼地方啊?」

「不周山。」他對司徒楨感到很不耐煩,「那不是笨蛋送命的好地方,回家去吧你!」

「我怎麼可能錯過姚大的伏筆?!」司徒楨很激動,「還有,笨蛋是誰?你說清楚啊!」

楊瑾望著他們吵吵鬧鬧的背影,凝視著遙遠的烏雲,沉重的嘆了口氣。

—第六章—雲破

這段時間，君心的修煉又有所長進，可以在不費力的情況下部分妖化，使用飛行形態，帶著殷曼旅行很方便，只是司徒楨一路上的碎碎唸讓人無法消受。

「好好好，你說得都對。」君心受不了了，「我會飛，所以我是妖怪。照這個邏輯來看，司徒先生，你飛得比我還快，想來也是妖怪囉？」

「你在說啥?!」司徒楨暴跳如雷，「我這是祕傳的舞空術，跟妖怪怎麼會一樣？爲了學會這該死的舞空術，你知道我吃了多少苦？你要知道，舞空術難如登天，若不是像我這樣不世出的超級天才，可能老到骨頭能打鼓都還學不會哩！我們祖孫三代，一大家子十餘人，也就我和叔公會罷了。我十六學到十八就會，已經驚爲天人了，你居然還賴我是什麼妖怪……」

聽著他滔滔不絕、連氣都不需要換的長篇大論，君心頹下了肩膀。「……小曼姊，抱歉，他眞的很吵……」

殷曼體諒的看看他，「年輕人肺活量大是好事。」她閉上眼睛，凝神在風中傾聽，「似乎是這裡。」

君心依言降落，還在嘮嘮叨叨的司徒楨緊隨在後。

望著這片遼闊荒蕪的原野，一行三人心底都有點迷惑。

「這裡有什麼？」司徒楨東張西望，「沒看到山的影子啊。」

「滄海桑田，又怎麼會有山的影子呢？」殷曼苦笑著。

她恢復了一小部分的記憶，又用功勤謹，許多妖術和法術都到了堪用的地步。

她張開細白粉嫩的掌心，一只小小的菱形水晶輕舞於上，發出輕微的嗡嗡聲。

這原理和羅盤是很接近的，卻又更細緻一些。她利用水晶共鳴的原理，尋找那條「軸」——導引氣脈和磁場、但在千萬年前就已毀滅的天柱。

「別再往前了。」司徒楨靜靜的說，「往前不祥。」

殷曼心覺有異，方回頭，只覺掌風疾厲，夾雜著剛青色的火襲來。她該閃躲，然後持咒架起禁制才是。但是這具人類的身體氣弱，又花費無數精力淨化微塵，一時竟閃避不及，她只能勉強張開結界，希望這個倉促的結界可以讓她受的傷輕微一些。

驟然珠雨猛烈得令君心發疼，他擋開鋼青色的火苗，耳上舒卷著蝙蝠似的翅膀，尚未恢復成人形的他面上有怒，「司徒楨！你搞什麼鬼?!」

殷曼讓他抱在懷裡，隱隱覺得有些發痛。但最讓她憂心的是，君心狂暴的心跳和雜亂的呼吸。

「我沒有受到傷害。」她撫慰的摸著君心的臉孔，「沒事的，平靜下來。」

君心原本瀕臨崩解的狂怒，在她冷靜溫柔的聲音中緩緩的平息下來。望著自己獸化的手爪，他有著沉重的憂慮。

他還不會控制妖化——至少沒辦法完全控制。憤怒會讓他的能力爆發，但是爆發之後……他可能會永遠失去理性，最壞的結果還會死。

他一直竭力避免爆發，但是只要事關殷曼，他就會狂怒不已。在這種時候，他格外需要冷靜。一頭凶猛沒有理性的野獸是不能保護小曼姊的。

被珠雨擊飛的司徒楨飛了回來，看起來已經調息完畢。他表情冷漠，瞳孔裡燃著靜靜的火焰。「別再往前，離開這裡。」

冷靜下來的君心有些困惑。這個嘮嘮叨叨的書癡突然不再說廢話，這樣一本正經的，一點都不像他。

「司徒楨？」君心狐疑的喊他，「你中蠱了？」

司徒楨沒說話，也沒動，只是眼神銳利的看著，蓄勢待發。

殷曼從君心的懷裡下來，她仔細觀察著司徒楨。「是誰附在人類的身上作怪呢？報個名號，至少也讓我們知道個來龍去脈。」

司徒楨笑了。「我聽聞大妖殷曼已然魂飛魄散，看來只是謠言。」

「倒不完全是謠言。」殷曼安然的回答，從袖口抽出一枝翠綠的柳條兒。「只是我愛啃書，多少唸了些回來。」

司徒楨的眼神閃了閃，迅雷不及掩耳的攻了上來。君心衝上前擋住他的攻勢，殷曼趁這時候將柳條往司徒楨的前額、胸口、小腹各抽了一下，他發出一聲怪叫，狼狽的往後退。

「……三屍神？」殷曼呆了一下。

司徒楨不答話，只是蓄滿眞火，將這片荒野點燃了起來。殷曼喃喃輕誦，用避火訣將烈火壓制出去，熊熊的圍繞成一個大圈，反而成了一個籃球場大小的結界，不讓這場死鬥波及到外界。

「我倒是小看了妳這殘妖！」司徒楨怒叫，「莫想越雷池一步！」

「你在守護什麼？」殷曼逼問，「莫非是不周山的祕密？」

司徒楨瞳孔倏然緊縮，「妳知道了？你們知道多少？不管知道多少，今天別想離開這裡！」

他雙眼冒出精光，咬破舌尖，手指蒼天，捏著奇異的手訣。

殷曼模模糊糊的憶起，人間的道門往往有奇異而猛烈的大絕招，卻需要機緣和天賦方能使用。只是人類的軀體如此纖細脆弱，往往承受不住大絕的啓動。

司徒楨只是被附身，罪不當死吧？

「阻止他！君心！」她失去了冷靜。

君心雖不明就裡，卻從來沒有懷疑過殷曼的判斷。他衝上前去，卻被無形的結界阻擋住。雖然他不耐煩的用狐火強行炸開這個結界，但司徒楨的持咒已然完成。

緩慢的天雷從天而降，夾帶著憤怒的青火，然後盤旋徘徊，凝聚形體，一條矯健、優美，卻又獰猛莊嚴的青龍，在司徒楨的頭頂上飛舞。

他喚了神靈之一——龍王。

「敖廣參見。」龍的聲音宛如春雷，在每個人的耳邊隆然迴盪著。

司徒楨的臉孔蒼白，卻傲然的笑著，「殺了他們。他們觸犯了禁忌。」

是怎樣的禁忌，可以讓司徒楨這樣的凡人驅使天庭神職的龍王？殷曼的心裡湧起疑問。在鋼青色的火焰中，她默默的思考著。

君心卻不知道這些糾葛。他在大大小小的殘酷戰役中熬過來，這些經驗幾乎內化成本能。他並沒有妖化或爆發，只是喚出飛劍，模仿著龍的形體，幻化出遍體流光、劍氣隱隱的白龍，持訣和龍王相對峙。

敖廣遲疑了一下。這人類孩子年紀很小，喚出來的飛劍也屬平常，自煉的劍龍更是可笑。難道這孩子不知道，他在龍族位階極高，管盡天下鱗蟲？要收了這條小小劍龍，易如反掌。

但是他徘徊盤旋，遲遲不敢去收這條張牙舞爪的小白龍。有種熟悉而恐怖的感覺讓他畏懼。這種畏懼非常遙遠，卻非常清晰。

「敖廣，你在做什麼?!」司徒楨大喝，「爲何還不殺了這兩個犯忌者?!」

龍王有些嫌惡的看了看司徒楨，但又不得不服從召龍符。這凡人拿了他一半的壽命來啓動這張符咒，雖然知道他被操控，而且是被三屍神操控，可於符令、於天諭，他都必須服從。

龍王將滿滿的怒氣轉移到這兩個凡人身上，身形不到他一半的小白龍無畏無懼的奔上來，他一聲龍嘯，正欲吞滅那條小白龍，卻聽到一聲響亮的、宛如喪鐘的聲音。

他沒吞滅白龍，反而讓迅疾的閃光割下了一隻龍角。傷口不斷的冒出碧綠的血，他滿眼的恐懼，並且想起爲何畏懼。

遙遠到不復記憶，他依舊是條小龍時，大禹在他眼前鍛出了神器「鎮海神鐵」，引發狂暴的天之怒。

險些遭波及至死的敖廣，終生畏懼著神器。就算「鎮海神鐵」最後在他的宮殿安放，後來讓大聖爺取了去當兵器。這種畏懼依舊深深的寫在他的腦海中。

他畏懼這條幻化的白龍，他畏懼君心。

失了龍角的敖廣倒落塵土，引發一陣巨響。苦心修煉的精氣，隨著碧綠的血狂亂的奔流而出。

「你……」皮皺筋柔的敖廣吃力的開口，「你是神器製作者？我聽說近年有個孩子引發天之怒……」

君心贏得莫名其妙，反而有些慌了手腳，趕忙將飛劍收回來。他雖然糊里糊塗的搞不清狀況，但是司徒楨的異樣他也猜得出來。小曼姊說是附身，應當就是了吧。司徒楨並不是眞心要殺他，被他喚出來的龍王也不是眞心要殺他。

「那是誤會！我從來沒有打造過什麼神器……」君心手忙腳亂的跪下來察看敖廣的傷，「你不要緊吧？我眞的不是有心的……」

敖廣已經說不出話了，他疲憊的閉上眼睛。

「神器？」司徒楨的眼中出現貪婪的光芒，「值得付出這凡人的所有壽命。」他壓榨著所有的壽命，準備一次將四海龍王都召喚而至……卻覺得胸口一痛，煩悶欲嘔。

嬌小的殷曼以稚弱的力氣，用手肘撞擊他的橫隔膜。他居然讓這軟弱無力的撞擊給制伏了。

司徒楨張開口，嘔出一個小小的娃兒，然後仰面倒了下去。

那娃兒有張老人的臉孔，發出嬌膩的聲音怒叫著，「不可能！這不可能！妳怎麼知道我藏在哪兒？人有三千六百個毛孔，妳根本不可能知道我藏身何處！」

「中屍神白姑。」殷曼淡淡的說，「我當然會知道。我可是大妖殷曼。」

白姑想鑽入土裡，卻讓君心一把掐住，封存在符咒中。

等敖廣悠悠醒來，發現他的出血已經停止了。那個少年和女孩兒都守在他身邊，關懷的看著他。

「……你們不殺我？」敖廣頗感訝異。

「殺你？爲什麼？你只是服從號令。」殷曼奇怪起來，「令主被附身，現在符令已經解除。你隨時可以回東海。」

「你們沒有拿走我的如意寶珠，剜出我的內丹？」敖廣瞪大眼睛。他難得這樣脆弱沒有防備，他們是笨蛋還是傻瓜？居然沒有動手？

「喂，你以爲我們是強盜還是小偷啊？」君心不太高興，「快走吧，我們還有事要辦。」

「他們都讓你走了你還不走?!」封存在符咒裡的白姑怒叫，「快找人來救我！」

君心惡狠狠的搖著符咒，搖到白姑暈頭轉向，連話都說不出來。

「……我可能會找援軍來。」敖廣望著這對不知變通的笨蛋。

「那也沒辦法。」殷曼苦笑了一下，「拘禁情報單位的中屍神，我們本來就惹了禍。」

躊躇了一下，敖廣憂鬱的笑了笑。他今番誤事，剮龍台上難免一刀。他一生奉公守法，膽小怕事，依足了規矩，到頭來還是這種下場啊……

翹首望天，他深思起來。爲了讓這世界不致崩解，會不會已經付出令人難以忍受的代價？

「你們爲了什麼而來？」他開口了。

「不周之書。」

他點點頭，勉強起身，蜿蜒爬行到一處小小的土丘，開始挖掘。

「敖廣，你在幹什麼?!」被禁制的白姑又氣又怒，「住手，快住手！你不怕滅九族嗎?!」

「早晚都要滅，還差這一時半刻嗎？」敖廣沒有停手，「天帝若駕崩，這世界誰還能活著？罷了，不用自己騙自己了。」

他挖了將近三人高的洞穴，失血和受傷讓他感到虛弱。他爬出洞穴，氣喘吁吁的。「底下有個玉匣，藏著你要的答案。當初我們都受了言咒，不能提及這件事情。該怎麼做，你們自己判斷。我只能告訴你，隨便打開神的封印，不會沒事的。」

敖廣喘息片刻，望著和海一樣藍的天空。「我呢，突然很想家。我也該回去交代後事了。」

他倏然飛起，在這漫長的一生，第一次感到這麼自由，無所懼怕。

君心和殷曼相視了一眼，他跳下那個大坑，撥開薄薄的泥土。原本潔白的玉匣浸潤了大地的顏色而泛著暈黃，長寬大約一張Ａ４紙的大小。他按著匣蓋，隱隱有股電流讓他感覺有些微痲。

「不要打開那個玉匣！」白姑聲嘶力竭的喊著，「千萬不要打開！你想把這世間的災禍都引來嗎？你想親眼看到三界傾覆嗎?!」

「白姑，妳總是在說謊。」殷曼淡淡的說。

「這次是眞的！」她怕得簌簌發抖，「我不想死，我不想死！讓我走，讓我走！」

君心有些動搖，抬頭看看殷曼。她平靜無波的美麗眼睛有著支持和堅定。他們，也只有這個虛幻到接近於無的線索了。

他打開了玉匣，裡頭是一個幾乎只有小指高的暈黃玉簡，是這樣的小，小得像是個墜子。

他伸手拿起玉簡，碧空漸漸陰暗下來，迴旋著詭異的深紫雲，隱隱的纏繞著雷霆閃電，嚴厲而無言的譴責。

這是君心第二次面對天之怒了。

殷曼訝異起來，沒有任何神器製作，卻引發這種恐怖的天怒。君心抓起玉簡跳出坑外，火速喚出飛劍；殷曼則將結界的範圍縮小，僅僅保護在她和君心、還有昏迷的司徒楨身邊。

他們能夠熬得過這莫名的天譴嗎？殷曼心想著。在驚天動地的雷霆閃爍和白姑無助的哭嚷聲中，他們昂首面對開啓神封的命運。

這次沒有狐影眾仙的垂愛，也沒有管九娘精妙的龐大結界。他們獨立面對著這龐大的壓力，在割得滿臉血珠的電風中，同心協力的抵禦這股強大的災難，還必須保護猶在昏迷中的司徒楨。

天雷勢力萬鈞的奔騰了九次，七把飛劍各承受了一次強大的雷擊，剩下的兩次，是君心將冒著煙、幾乎融化的飛劍幻化成白龍，幾要將自己和殷曼的靈魂都奉獻出去，才算是熬過這次極度痛苦的天怒。

他們疼痛、暈眩，像是由裡到外都被割碎。好不容易鍛鍊回來的七把飛劍也幾乎被融蝕。但熬過這場巨大的災厄，飛劍內在的修爲卻突破不少難關，提升到另一個層次。

像是被烈火淬鍊，七把飛劍閃爍著異樣的光芒，吸納了雷氣和天怒，眞正的成爲神器。

但是，殷曼和君心幾乎站立不住，精疲力竭的他們，還沒有發現這個事實。

楊瑾找到他們的時候，天之怒已經過去了。他靜靜抽著菸，倚在有些年紀的奧迪旁邊，默默的看著這兩個頭髮燒焦、身上還有些燒傷的孩子。

瞥了一眼躺在地上動也不動的司徒楨，他將菸捻熄，走過去翻開他的眼皮。身體沒有什麼大礙，但是，卻被某種險惡的法術奪走了他一半的壽命，還不斷的侵蝕。這很棘手……

即使是前任的死亡天使，要在規則制約下救他也是有困難的。但是，東方的神祕總是令人困惑。他被奪走了一半的壽命，卻像是被充滿電的電池，精力和法力達到他的肉體所能承受的極限。

終止那個險惡的法術，使之不再侵蝕他的壽命很簡單，楊瑾也這樣做了。但是坦白說，他還真不知道這個昏迷不醒的孩子會不會壽促。

困擾了一會兒，他將這三個孩子扛進車子裡。當然，將他們變回去比較快……但他早已不是死亡天使了。

司徒楨睜開眼睛的時候，覺得全身舒暢，像是四肢百骸都吃了人參果，說不出的舒服。他運轉了一下內息，又驚又喜。他修行尚淺，原本還在築基的階段，沒想到一覺醒來，他不但進度突飛猛進，還有了淡淡的元嬰。

到底發生了啥事呀？他努力回憶，只記得和君心一路拌嘴，跟著那個妖怪似的人類少女到了一大片啥都沒有的空地，然後……

然後呢？他愣了一下，發現大腦空空無也。然後就睡著了？爲什麼他會突然睡著，睡醒又莫名其妙的平添一甲子的功力？就算是武俠小說，也該跳個懸崖、落下個瀑布，被什麼世外高人或者仙女給救了，看是要委身還是給金丹，不然也給個法器之類的……

怎麼就這麼睡個一覺，他連元嬰都有了？

他坐著發愣，轉眼看到那個奇怪的西方六翼天使。莫非是這個怪異的天使幫他打通任督二脈？他馬上否決了這個荒謬的想法。首先，西方的天使要先懂得啥叫任督二脈吧？他們搞不好連天靈蓋在哪兒都不知道。

「你讓三屍神附身了，還被天之怒波及。」楊瑾靜靜的抽菸，非常簡單的敘述了殷曼告訴他的部分，「一個好消息，一個壞消息。你想聽哪一個？」

司徒楨張著嘴，聽著有如天方夜譚般的經過。這麼精彩?!天哪，這種經歷比小說還小說欸！他怎麼就這麼昏過去，一點記憶也沒有？「……先聽好消息吧。」

「我想你也發覺了。」楊瑾觀察了一下他的氣色，「你的修行一日千里。」

這個洋鬼子……不不不，這個洋天使成語用得倒挺貼切的。司徒楨忙著點頭，

「對對對，我連元嬰都有了。壞消息咧？」

楊瑾遲疑了一下，沉吟片刻，「三屍神操控你的時候，把你的大絕用掉了。他用了你一半的壽命去啓動召龍令。」

司徒楨瞪大眼睛，表情一片空白。

這對人類來說，應該是不小的打擊。楊瑾露出悲憫的神情。他當人間的醫生久了，受規則制約，不能用神力左右人類的壽算。但他這樣一個憐愛人類的死亡天使，對於人類內心的絕望總是很不忍心。

好奇殺死九命貓。若司徒楨不堅持去的話，說不定不會招此厄運。他搖搖頭，轉身準備離開。

「欸？欸！洋天使大人，我連命都丟一半，『不周之書』到底有沒有到手啊?!」司徒楨氣急敗壞的喊住他。

這回換楊瑾瞪大眼睛了。他看著臉上沒有一絲喪氣的司徒楨，反而有點摸不著頭緒。「到手了。殷曼正在試圖破譯。」

「耶！」司徒楨歡呼一聲，「我也要看！我也要看！怎麼可以扔下我呢？他們在哪兒？書在哪兒？」

楊瑾深深的看他一眼，「你差點爲了這個和你沒關係的書送了命。」

司徒楨想了一下，「對喔，我沒了一半的壽命。」但他滿臉不在乎，「哎呀，一半壽命是多少年，誰也說不清，對吧？我爺爺講過，試圖修仙就是逆天，壽算就不是自己的了。棺材是裝死人又不是裝短命鬼，對吧？我們看蜉蝣短命，神仙看我們也滿短命的，你說是吧，洋鬼子大人？

「我都花這麼大的代價了，怎麼可以不看看最後謎底？任務做一半突然斷線，挺討厭的對不對？洋鬼子大人有沒有玩過『EQ』？沒有？太可惜了，這麼好玩的game你沒玩過。修仙也是要娛樂的是不是……」

瞠目看著他滔滔不絕，非常興奮的東扯西扯，一點都沒有爲損失的一半壽命難過，楊瑾反而不知道該怎麼辦。

坦白說，這整件事情都跟這個凡人無關，他中途插一腳，莫名其妙的少了一半壽命，這完全是可以避免的。他根本不用跟去探索「不周之書」……

但是，若三屍神附身的不是他，事情會怎麼樣？楊瑾呆了一下。

若司徒楨沒有這種該死的好奇心，而是殷曼和君心前去……君心雖然妖化，本質上還是人身；而殷曼現在根本就是人類。

三屍神的神力可能不怎麼樣，但入侵人體是他們的拿手好戲。楊瑾的臉孔蒼白了。

若附身在殷曼身上，君心根本不會抵抗，此刻他可能得去收屍。若附身在君心身上，又在顓圮的天柱附近……三屍神根本不在乎宿主會受到什麼損傷，一定會把君心所有的能力都釋放出來。

身為一個在東方「收集資料」幾千年的死亡天使，他略微知道當年的列姑射島怎麼毀滅的。

《山海經》是東方神明傳給凡人的祈禳書，算是官方裝訂本。只含含糊糊的寫：「共工觸山，折天柱，絕地維。」但，這只是官方說法。

天柱不是共工一個人折斷的，說起來，共工什麼都不是。那是神魔大戰的餘殃，肆無忌憚的戰火震斷了天柱，當時狂怒的列姑射島島主，絕了地維，將原本廣大的列姑射島粉碎得只剩下這一點殘骸，扭曲了整個人間的大陸，炸出了寬闊的海洋，大部分的陸地都沉了。

這一點情報，還是他想盡辦法偷拐誘騙才拿到手的一點遠古殘篇。當時被他拐騙的東方仙官要他自願受言咒，才讓他全身而退。

若是讓君心的力量在天柱遺跡附近爆炸……結果會怎樣？楊瑾不寒而慄。

這麼說起來，這個能力最低微的人類被附身，反而是最好的狀況？他在東方越久，浸淫得越深，越相信天道冥冥中自有循環，連所謂的「神」都無法左右。

這個小道士……莫非是無限經緯中不可或缺的一線？

「我明白了。」楊瑾微微一笑，打斷司徒楨的滔滔不絕，「我帶你去看看殷曼翻譯得怎麼樣。」

他這麼睡了一覺，居然睡掉了一個禮拜的時間。哎……他寶貴的青春啊……

司徒楨一面哀悼被自己睡掉的一個禮拜，一面跟著楊瑾，走進殷曼的房間。若不是楊瑾說了，他才不相信這是女孩子的房間……

廣大的房間幾乎佔據了二樓的三分之二，除了一張簡單到不能再簡單的床鋪以外，靠著牆嚴嚴整整的放了不知道多少書。這間本來就是楊瑾的私人藏書室，殷曼喜歡這裡，便成了她的臥室。

原本這是個整齊乾淨得宛如雪洞、除了書什麼都沒有的臥室，孤零零的衣櫥裡塞著殷曼很少穿的衣服，一套制服和便服則掛在外面的衣架上。

但是這幾天，殷曼和君心在此埋首工作，到處都散著參考用的書籍和無數資料。

君心捧著一本又厚又重的《神漢字典》，和拎著光碟的殷曼，驚愕的看著楊瑾和司徒楨。

「翻譯的進度如何？」楊瑾微笑。

「還可以。」滿臉疲憊的殷曼定睛看了看司徒楨，皺了皺眉。「楊瑾叔叔，我們討論過——」

「他付出了一半的生命當門票，妳總要讓他知道眞相。」楊瑾聳了聳肩，「至於我，我也想過了。關於這整件事情……都在言咒的範圍內。就算知道又怎麼樣呢？我不能言語，也無法訴諸文字。既然我知道了開頭，也付出了相當的代價，沒什麼理由不能知道後續。」

「楊瑾叔叔，你就算了，你身分特殊，也有本事保護自己。」君心闔上字典，「但你身後那個笨蛋怎麼辦？他知道這些要命的事情做什麼？」

「你說誰是笨蛋啊？」司徒楨暴跳了。

「就是那個笨到被三屍神附身的傢伙啊，還會有誰？」君心對他怒目而視。

「你說啥鬼話?這是機率問題,我們三個,剛好我被看上啊,這就是人太帥的宿命,你不懂的啦。」

「我錯了,你不是笨蛋,你根本是白目吧?」

這兩個越吵越沒有重點,離題越來越遠。殷曼捧著工作過度而微微發脹的腦袋,「……司徒,你姓司徒對吧?這是逆天之事,我們揭了神明死守的祕密,絕對不會沒事的。」

「大不了就死翹翹。」司徒楨滿臉不在乎,「修道的人還把個生死存在心頭,沒點好奇心,還修什麼道?」

殷曼微微訝異起來,深深的看了司徒楨幾眼。修道不難,只要有毅力就能修下去。但是一種本心、一種境界,卻是許多修道人的關卡。

他這樣清澈豁達,說不定可以去到連她都去不了的地方。殷曼模模糊糊的想著。

雖然她的魂魄損傷嚴重,許多記憶隨著魂魄的碎裂而喪失。但是天生的靈慧和勤學，讓她彌補了許多回來。至於君心的古文程度則是完全不及格，而在東方待很久的楊瑾礙於言咒，沒辦法給她任何幫助。

所以，破譯玉簡的工作就落到了她手裡。她望著君心，他非常不贊成的搖了搖頭。

要告訴司徒楨，抑或不說？

「你沒有必要知道。」她嚴肅起來。

「我付出了一半的壽命！」司徒楨抗議。

希望他不會爲了這個選擇後悔。殷曼嘆了口氣。

「這玉簡是用神明的文字記載的，而且用了非常艱澀的歌詠體。」殷曼緩緩的說明，「所以翻譯的工作很困難。若是在我魂魄完全的狀態，大約可以破譯八成，但是我現在的狀態……」她安靜了一會兒，「可能三成不到。」

「小曼姊！」君心叫了起來。

「君心，我想過了。」殷曼輕撫著泛黃的玉簡，「從司徒和我們同行的那時候起，他就不可能沒事了。他說得對，他都付出了一半的壽命，他有權知道。」

簡單的說，這只玉簡用神文字鏤刻，必須以神識內觀才看得見。據說這種書寫方式傳到了人間的道家，在遙遠的年代，這種玉簡書寫以一種神祕的方式流傳著，連大妖殷曼都沒能學會，所以她另開蹊徑，仿效人間的科技，將之寫在光碟裡，可以用電腦的特殊程式閱讀，當然，也可以用心眼內觀。

接觸到神明親手寫就的玉簡，殷曼爲了那不可思議的精巧大爲驚嘆。但是等到面臨翻譯的時候，她又愁眉不展。

東方天界傳承數十萬年，發展出來的文明自然也非常遙遠、深邃。這種文明的痕跡反映在文字上，呈現一種精緻到近乎完美的地步。然而，這種藝術的極致有一個麻煩——歌詠體的文字敘述完美到幾乎看不懂。

若她還是大妖殷曼，魂魄完全，熟悉三界之內的諸般典故，說不定可以看得懂八成。但是現在的她……記憶七零八落，要破解這優美的文字，跟看無字天書差不多——差別只在於，玉簡是有字的，拆開來每個她都認識，湊在一起她就茫然了。

不知道是幸還是不幸，當初她幫君心整理的法術概要、讀書筆記，都留在儲物的小封陣裡沒有損傷（雖然是以光碟的形態保留下來）。她靠著過去自己的筆記，還勉強可以破解一小部分。

讓她比較訝異的是，玉簡的記述者，似乎不是東方天界的神明。她自稱爲「玄女」，負責看守天柱。但是，她對自己的敘述就這麼多，其他的卻比較類似日記或雜記。

她記錄了天柱的衰亡，和列姑射島的崩解，並且一而再、再而三的強調，天柱折是天命，但是世界崩潰不該是天命。

名爲「玄女」的記述者到處奔走，尋求沉睡的古聖神幫助，「然諸聖皆袖手」。

她的姊姊或妹妹決定挽回這個世界日漸崩塌的頹勢。當時因爲天柱斷裂，所有的「力」都紊亂了，三界都死了不少居民，連天空都出現了不可彌補的裂縫。這位大膽的女性，拘了三界的亡靈冶煉成一爐，用這些亡靈煉製的五彩石補了天空，殺了大地元神所凝聚的巨鰲，用牠血淋淋的四肢安在四方，終於減緩了毀滅的速度。

但是，這還不夠。看守天柱多年的玄女知道，光是這樣還不行。她看守天柱已久，很明白天柱並不是眞的撐起天地的柱子，天柱像是個指南，導引所有「力」的歸依。天柱一定要存在，否則三界將因爲各式各樣的「力」互相紊亂攻伐，一起滅亡。

「諸聖夢產日月星辰、眾生萬物。妾不可產天柱乎？」

「……這是什麼意思？」聽到入迷的司徒楨愣了一下，「拜託妳還是說中文吧。」

殷曼困擾的撫著玉簡，「我不知道怎麼說明，這是最白話的翻譯，而且我也不知道對不對。」

「她想把天柱生產出來？怎麼生產？用什麼配料啊？」司徒楨滿眼迷惘。

「我想，她是不是想把天柱生下來，像是古聖神生下日月星辰和眾生萬物那樣？」君心問。

司徒楨搔了搔頭，求助似的看看楊瑾，他卻只是微笑。

「就這樣？」楊瑾漫不經心的問了這句。

「我看得懂的只能解譯出大概。」殷曼疲倦的捏了捏肩膀，「後面的我就沒辦法了。」

「爲什麼？」司徒楨忙著問，「後面的更天書？」

「不是……」她露出困惑的神情，「後面用一種奇怪的方式鎖了起來。」沉默了一會兒，「說不定是我弄錯了……但是這種鎖印的方式，似乎不是神明的手澤。」

司徒楨看了看玉簡，「欸……可不可以讓我看一下？」

殷曼遲疑了一下，遞給他。

司徒楨忐忑的接過玉簡，壓抑不住內心的恐懼和興奮。要知道，畏懼神明是人類根深柢固的本性，但是，對一個沉迷於道學的少年人來說——

一個記錄著過往遠古歷史的神器！這是一種多麼令人難以相信的存在！他居然親手碰觸了這樣的禁忌！

勉強定了定神，他端詳著這個玉簡。原本應該是雪白的小巧玉簡，不知道在大地沉睡了多少年，浸潤成一種溫厚的暈黃。纏繞著幾乎摸不出來的細密花紋，外觀有些兒像是如意。

把玩了一會兒，最初的興奮過去，他反而有點困惑。試著凝聚神識，專心的打開「心眼」，內觀這個極小的玉簡。

原本他並不抱著任何希望，但是這玉簡卻和他從小把玩、學習的道簡有相類似的地方……

猛然一沉，他大大的喘了幾口氣，發現他「進入」了玉簡的領域。

很難說明那種奇妙的感覺……宛如夢中般，看著交纏在無盡空間裡的精美文字。這種感受並不稀奇，在他還是小孩子的時候，他們這一脈相傳的道簡，就由長輩教授給他了，連他的哥哥都沒有學會。

毋須閱讀，他也可以理解這繁複文字的流向和感應。他曾經狂渴的汲取這些古老的知識，直到他厭倦爲止。因爲這門學問太講究天賦和緣分，所以認眞留下來的典籍反而不多，在他看起來，真有點微末巧技的意味。

但是，神明留下來的玉簡……龐大繁複的精細程度，讓他家傳的道簡像是小孩子的玩具。雖然一個字也看不懂，但那像是閃著蝴蝶軟翅銀翼的文字，在每一次注視中都發出邈遠的歌聲。

蜿蜒著、纏綿著，交織成無限螺旋般的編結，散發出優美而哀傷的氣息。

如果能看得懂該有多好……司徒楨有點傷心。不知道誰可以教他這優美的文字？即使要花上一生的時間也在所不惜。

即使不懂，他還是追著那翩翩的文字，直到一道黝黑且盤據著黑暗螺旋的寬闊大門。然後就過不去了。

他試圖觸摸那個大門，卻像是被強大的電流無情的貫穿，他連靈魂都隨之冒煙麻痺，然後被強行丟出了玉簡的領域。

司徒楨醒來的時候，四肢還不斷抽搐，毛髮捲曲，張嘴想說話，卻淡淡的冒出一蓬煙。

「你是怎麼活到今天的啊?!吭?!」君心怒氣沖沖的將溼漉漉的毛巾摔在他臉上，「你那該死的好奇心怎麼沒害死你？看到什麼都伸手去摸嗎？你是白癡？還是大腦根本就沒有發育過?!」

司徒楨縮了縮脖子，「你跟我媽講的話怎麼一模一樣……」

君心氣得發怔，「令嚴大人應該在你出生的時候，就把你扔到馬桶裡沖掉！」

「咦？我媽也這麼說欸。」司徒楨覺得有點悲傷。

想盡辦法保住司徒楨小命的殷曼和楊瑾，無力的頹下肩膀。修煉的人類或眾生都對危險有異樣的敏感度。任何正常的眾生，都不會試圖去碰玉簡內的禁制，就像一般人不會徒手去捕捉火焰一樣。

但是，他們偏偏遇到這樣一個好奇到了極點的天才。

司徒楨勉強坐了起來，發現玉簡還緊緊的握在手中。就算靈魂受到莫大的衝擊，他還是死死的抓住，誰也拿不走。

「這個玉簡……可不可以借我？」他發抖了，卻不是因爲害怕，而是興奮和痲痺的後遺症。

「不行！」在場的三個人異口同聲的否決了。

「嗄？難道你們不想知道禁制後面是什麼嗎？」司徒楨叫起來，「雖然跟我家傳的路數不同，但這是道家的禁制啊。」

什麼？楊瑾和君心一怔。是什麼樣的人，可以在神器裡加諸人類道家的禁制？這太不可思議了。

只有殷曼默默的垂下眼。果然……她想著。一開始她就有所懷疑，但因爲太匪夷所思了，所以她沒有說出來——她對現在的自己沒有把握。

「就算很想知道，也不能把這玩意兒交給你。」君心沉痛的指著他的臉，「不出三天你就會玩掉自己的小命！」

任憑司徒楨苦苦哀求，君心就是不肯答應。

實在沒辦法，司徒楨發狠使了最後的大絕招，「我保證我可以破解這最後的禁制，毫髮無傷的把答案帶到你們面前！哎唷，同學，你看不出來嗎？我是個強運的人。能夠好端端的活到今天，就證明我強運到閻王也不要我呀……」

呃……這倒是很難反駁。

「如果你們不借我，讓我不告而取，反而讓我成了小偷！這不是逼良爲……爲……爲那個、那個逼良爲偷嗎？對於我這樣人品高潔、指日飛升得道的修行人來說，這是多麼無奈而倒楣的命運啊！讓一個有爲青年墮落到這種地步，你們忍心嗎？就算不是人也不忍心啊……」

司徒楨一旦滔滔不絕起來，連楊瑾都有點吃不消。

他不但修道有耐心、有毅力，對該死的好奇心也是如此。他並沒有偷走玉簡，而是用這種疲勞轟炸的方式炸遍這個屋子裡所有的人，連二樓倒楣的鬼屋主都不例外。

原本沉默得幾乎讓人感覺不到存在的幽靈非常憂鬱的現身了。從來不開口的她，無奈的發出軟弱的聲音，「……我可以祟殺他嗎？」

已經有黑眼圈的楊瑾垂下肩膀，「我也希望說可以。」他覺得自己快要神經衰弱了。

幽靈望著還在滔滔不絕、已經完全不怕她的司徒楨，疲倦的遮住臉。「若論道術的禁制，你或許可以去請教茅山派第十一代掌門。論符咒禁制，茅山派專精太多了，或許他可以幫你。」

好不容易閉上嘴的司徒楨，狐疑的看了看她，「十一代掌門？他都不知道輪迴幾世了……」

「並沒有。」幽靈嘆了口氣，「他跟我一樣，都是死人。你若需要，我可以幫你寫介紹信……」只要別再吵下去就好，這種吵法，連死人都想再死一次。

楊瑾微微一驚。他沒有過問屋主的來歷，只覺得她不太尋常。「這件事情不該牽連到舒祈。」

幽靈深深的看了楊瑾一眼，「嗯……你是前任死亡天使，你也知道茅山掌門在管理者那兒落腳。沒辦法，我只能想辦法打發他出門，難道你要看我祟殺他？」

她知道他是誰，卻仍透出淡然的囂張。楊瑾默默的看了她一會兒，卻發現他不了解這個總是沉默的幽靈。

幽靈厭倦的抬抬眼皮，對著司徒楨說：「你若要去，就帶走那隻快死的三屍神。隨便你要殺要埋都好，總之，別死在我屋裡。我不喜歡這種妖神的臭味兒。」輕嘆了口氣，她緩緩的消失在二樓樓梯口。

這是她給的線索嗎？楊瑾忖度了一會兒，然後要君心把封著三屍神的符咒拿出來，現出了奄奄一息的白姑。

三屍神乃是道教稱在人體內作祟的神。據《太上三屍中經》所言：「上屍名彭倨，在人頭中；中屍名彭質，在人腹中；下屍名彭矯，在人足中。」這是很粗略的講法，而這上中下三屍神還有許多俗名，像是中屍神「白姑」，就是俗名中的一種。

其實，三屍神又稱三屍蟲，屬妖族，卻接受天界的招安，搖身一變，成了天界負責監控人間的情治單位。他們擁有蟲類妖族的特性，繁衍甚多，雖然接受天界的封號和管理，本質上，還是吸食人氣的妖族。

但這群妖神對天界忠心耿耿，會被派來守頹圮的天柱並不意外。只是忽略了他們的本性，封印在符咒隔絕多天，白姑連皮膚都皺縮了，軟軟的癱在符咒的禁制中，幾乎要打回原形。

司徒楨搔了搔頭。他雖然以斬妖除魔爲己任，但本質上是個善良的人。他手下殺的妖魔都背負了不少人命，手段雖然殘酷，他倒是很忠實的實行「罪有應得」這個成語。

但這個皺巴巴的小妖怪雖說附了他的身，損了他一半的壽命，卻沒見到她的其他劣跡。要這樣一掌揉死這小妖怪，對他來說難度滿高的。

屋主要他帶走這個小東西，是不是要他養著？這下子，這個連鬼使都不養的正直少年，不免傷腦筋起來。

東張西望了一會兒，司徒楨隨便翻了一個楊瑾買回來當擺飾、大約手掌大小的竹籠子，把白姑倒進籠子裡，貼了張自己寫的符咒。

「三屍蟲吃什麼啊？」他煩惱起來，「桑葉？」

軟綿綿的白姑惡狠狠的瞪了他一眼，「你這無禮的傢伙……把我當成馬頭娘啊?!我可是、可是天上的神明！你……你……」

隔著籠子，白姑和司徒楨拌起嘴來，聒噪度倒是頗旗鼓相當。

難怪白姑會選司徒楨當附身對象。所謂物以類聚，也不過如此。

「她吃人的精氣。」楊瑾疲倦的阻止了他們發出的驚人噪音。「三屍蟲以人氣維生。」

「這簡單。」司徒楨魯魯莽莽的將精氣猛灌在白姑身上。他被天之怒淬鍊過，已經遠遠超越了人間許多修行人，而白姑被拘了幾日，已經虛弱殆死，他這樣沒頭沒腦的一灌，只見白姑像是吹脹的氣球，連臉孔的皺紋都平了，差些兒被精氣活活脹死。

「快停手。」君心實在看不下去了，「你是要救她，還是要害她？」

「我只給了一點點。你看她這麼瘦……」司徒楨分辯著。

「拜託你停手吧，不然等等她爆炸了，肉屑很難清欸！」君心的青筋都浮了起來。

白姑已經脹得連罵聲都微弱了。自她成神以來，還沒遇過這麼侮辱人的待遇。

「玉簡你帶著，白姑你也帶走吧。」楊瑾淡淡的說，「許多關節，說不定白姑知道，畢竟她是天界的妖神。至於管理者……我幫你寫封信。盡量和我們保持聯絡，自己也要多加小心。」

「叔叔！」殷曼叫了起來。

「讓他們去管理者那兒受庇護，比留在這兒好。」楊瑾仔細想了想，「『不周之書』失落，天界不可能不追究的。但爲什麼延遲到現在還沒追究……我覺得不太對勁。不過，早晚會來吧。我要保住你們兩個，大約就費盡了全力。讓司徒楨去都城，我也減輕點壓力。」

當然，這是表面的理由。實際上的理由是——他已經完全受不了這個聒噪的人類，和復元後可能更爲聒噪的白姑。

動用了一點關係，楊瑾隱密的將司徒楨和白姑送到都城去。如果可以，他也想把君心和小曼送去，但礙於天帝的諭令，他們只能留在這裡。

不知道爲什麼，楊瑾聞到暴風雨即將來臨的危險氣息。

第七章　騒動

很意外的，該有的暴風雨一直沒有來。不僅楊瑾訝異，連殷曼也奇怪起來。雖說她這樣寡言愛靜，又怕欠人人情，卻還是寫了信、傳了訊，用不著痕跡的方式打聽這來歷不明的「不周之書」。

探來探去，居然沒有任何眾生知道，不論仙神還是妖魔。這讓她困惑而煩惱，更加埋首書堆苦讀起來。

楊瑾欲言又止，囿於言咒，也只能淡淡的要殷曼別搞壞了身體。

君心反而最爲鎭靜。他修爲最淺，這些年災災難難見遍了，反而覺得除死無大事。他一反過去討厭去學校的態度，反而天天催著殷曼，帶著她上學、等她放學。至於花神老闆的委託則能推就推，其餘時候，他都保持著平常的生活規律。

「不討厭去學校了？」楊瑾望著他。

「還是不怎麼喜歡。」君心承認，「人就是這樣。穩定就嫌乏味，等穩定的好日子快過去了，就會懷念起穩定的幸福……」他悶了一會兒，想不出該怎麼形容心裡頭的滋味，「我去上學了。」

或許這樣悠閒的在人煙嘈雜中漫步的日子，也不會太多了。他輕輕的嘆了口氣。

坐在教室中，正神遊太虛的時候，嬌媚的抱怨在他身邊響起，「冷氣怎麼不開大一點？很熱欸。」

他有些驚愕的回頭，差點叫出聲音，「花、花……」

「花什麼花？」散發著微弱酸甜香氣的樊石榴瞪他一眼，「上個學連案子都不接啦？你想讓我和翦枝累死？你骨子裡明明是個妖怪，妖怪上什麼學……」

坐在他們右前方的美麗女生回頭怒目而視，扔了個紙團過來，上面寫著：「妖怪又怎麼啦？幾千年前，妳還不是棵樹？妳管我們上不上學？」

樊石榴看了紙條大怒，就要站起來。君心趕忙將她一扯，額上滲出幾滴汗。因爲人氣旺，尋常妖怪和鬼魄都沒辦法留在這學校。而能夠在這種人氣極旺、風水至陽至剛的地方上學的妖怪，會好相與嗎？

跟他同班這個漂亮女生，就是個有六百年修行的蝴蝶精。已經修到反璞歸眞，艷上容貌，不顯外衣了。若論相生相剋，他這個沒啥本事的花神老闆，還不夠人家一頓午餐呢。

「上課中呢，我的老闆。」君心壓低聲音，「妳這麼跳出去，教授年紀又大了，活活把他嚇死，有損陰德啊。」

樊石榴狠狠地瞪了那隻蝴蝶精幾眼，「我吞不下這口氣！」

「那漂浮咖啡裡的冰淇淋，吞不吞得下？」

就一杯漂浮咖啡，讓樊石榴滿面春風的忘記了小妖怪的無禮，高高興興的跟著君心走了。

花神老闆閒來無事，原本只是出來跑任務，想到君心可以敲詐，就順便跑來了。

「從新竹跑來台中叫做順便？」君心沒好氣的。

「飛過來也不到一刻鐘。」樊石榴滿口冰淇淋，含含糊糊的回答。

剛看到樊石榴，君心還嚇了一跳，怕她們是被牽連了。看她這樣沒心眼的訛詐點心，他反而有點摸不著頭緒。

天界不打算追究？

樊石榴哪知道君心心裡的憂慮，高高興興的講著八卦。他漫不經心的聽著，四處望望，「唔？怎麼沒看到高小姐？」

「翦枝呀？東海龍王過世了，他代表我們婚姻司駐台辦事處去弔唁了。」

君心一聽，滿口的水果茶幾乎都噴在樊石榴的臉上。慘了……他這禍可闖得大了……

「我賠妳兩杯漂浮冰咖啡！」他馬上伸出兩根指頭，「還有妳要吃什麼蛋糕自己挑，吃到吃不下爲止！」

愣愣的抹了抹臉，正要發怒的樊石榴又被食物打敗了，她很高興的跑去櫃檯點了又點，根本都忘記要生氣了。

……幸好她一直都很呆。

「東海龍王好好的，怎麼會突然死了呢？」君心小心翼翼的打聽。

「聽說是得了急病死的。」樊石榴心不在焉的回答，快樂的吃著黑森林蛋糕，「事情發生得太突然了，連天帝都大感震驚，已經讓他的長子承襲了龍王之位。」

「不是被抓去剮龍台？」君心張大了嘴。

「你神經病啊？」樊石榴瞪了他一眼，「敖廣那條老龍一輩子奉公守法，爲什麼要抓去剮龍台？」

君心一時語塞，頗感棘手。他小心的不讓身邊的人被牽連，所以沒跟誰講過當時的情形。面對樊石榴狐疑的眼神，他只能低頭喝水果茶。

「小君心，你是不是有什麼事情瞞著我？」要知道，八卦是女性的興趣，不管仙神妖魔都是如此。

「哪有……」君心乾笑兩聲，趕緊轉移話題，「妳說天帝下令由敖廣的長子承襲龍王之位，那天帝他老人家已經好了嗎？」

她秀麗的眉蹙了起來，「哪裡算好？這麼多年國事操勞，老大也算是心血用盡，都已經時時臥病了，偏又生了個叉燒不如的東西……」

「妳說天孫啊？」君心明知故問，暗暗慶幸樊石榴夠呆，一轉移注意力就忘記要追問。

「可不是呢。」樊石榴果然中計，輕輕嘆口氣，「老大就這麼一個嫡子……你瞧他能當天帝嗎？我聽說……」她神祕兮兮的壓低聲音，「老大在物色個養子，準備接天帝的位置呢。但是王母那婆娘反對，這個倒楣的養子人選不知道活不活得成……」

結果天界和人間還不是差不多，同樣都是爾虞我詐，充滿黑暗。

「嫡子？」君心問，「我老聽你們天孫天孫的叫，我還以爲是天帝的孫子呢。」

石榴噗哧一聲笑出來，「天孫的『天』，不是指現任天帝。他出生的時候，前任天帝猶在，還沒禪讓給現任天帝呢。當時我們的老大還是一方神王，嫘祖娘娘才是他的元配神王妃。前任天帝把女兒玄嫁給他的時候，老大還曾堅持不要呢，後來不知道怎麼搞的，就生米煮成熟飯了……」

君心愣愣的望著樊石榴，像是當頭挨了一記焦雷。前任天帝的女兒叫做

「玄」？

「王母就是玄女嗎？」

「對啊。」這是天人共知的事情，樊石榴不覺得有什麼大不了的。「王母出嫁前的閨名就叫做玄女。」

「她……負責看守天柱嗎？」君心覺得心臟快跳出喉頭了。

「你怎麼知道？」樊石榴瞪大眼睛，「連我也是在月老喝醉的時候，才聽他講的呢。這事兒沒有多少人清楚呀……」

諸聖夢產日月星辰、眾生萬物。妾不可產天柱乎？

玄女抱著這樣的執念，想盡辦法嫁給現任天帝，然後她產下來的是天帝的嫡子——帝嚳。

「王母還生過其他孩子嗎？」君心的聲音微微顫抖。

樊石榴不懂他幹嘛這麼激動。她一直是個歡快的、沒什麼心眼的小花神。「君心，神明要生下同樣有神性的孩子非常困難。這個我也不想瞞你，天人能生出正常孩子的機率很小，更多時候是死產或畸形兒。嫘祖娘娘和老大結婚那麼多年，到死也沒生過半個孩子，也就王母生了個天孫罷了。我知道天孫讓你們吃了很多苦，我也覺得老大這樣縱著他實在是……」

不！不是這樣的！君心在心裡吶喊。或許天帝不是不想殺他，而是不能殺。如果說，天柱並不是實質上撐起天地的柱子，而是一個歸依、一個指南，穩定整個世界所有「力」的流向，像是南北極貫穿的磁力力場……

那毀滅的天柱的確有可能被「產」下來重生。

玄女到底產下了什麼？

「君心？君心！」樊石榴完全被嚇壞了，「你怎麼臉色這麼白？你受傷了？還是哪裡痛？」

君心深深的呼吸，整理紊亂的氣息和心思。「……我沒事。只是舊傷……」他含含糊糊的咕噥著，「妳知道的，不容易好。」

所有的一切都兜了起來，君心只覺得心亂如麻。他假裝不舒服，和樊石榴道別後，匆匆的去接殷曼，因爲還不到放學時間，引得人人側目。

「抱歉，我是小曼的哥哥。」他臉孔慘白，額頭滲汗，「我們叔叔出了點事情，我來接小曼回家。」

老師看他神情這樣慌張，一點懷疑也沒有，催促殷曼快跟著回去。

殷曼讓君心牽著小跑，幾乎要跟不上，「鎮靜點，是怎麼了？楊瑾叔叔不可能——」

「小曼姊，」他低低的說，「這裡不是說話的地方。」

他從來沒有這樣害怕、這樣發著抖。殷曼警覺事態嚴重，即使一到僻靜處，君心二話不說就變身起飛，她也沒有責備，反而靜靜的張開隱身結界。

他的心，跳得太快了。

一回到家，君心就緊張兮兮的到處佈結界，阻擋一切的耳目神識。

殷曼嘆了口氣。她這小徒從來沒有進步過，結界佈得比紙還薄弱就算了，本來控制得比較好點的爆炸力，又差點發作了。

「我來吧。」她安撫的拍拍君心，帶著和她仍是大妖時同樣的閒適，運用一點符咒和巧勁，很輕易的張開隔絕的結界，但頂多只能縮到整個房子的範圍，沒辦法再縮小。她知道這是屋主的力量，但她從來不在意。

君心卻很在意。他輕咳一聲，「屋主，感謝您一直把房子借給我們居住。」他小心翼翼的說，「可否請您暫時離開？我們不想牽累您，恩將仇報不是我們該做的——」

「在這裡就行了。」幽靈屋主淡漠的說，「我早就死了，還有什麼值得掛懷的？」

「但是這個——」

「你們把『不周之書』帶進來的那一刻起，我就脫不了干係了。」她輕輕的飄上樓，「還怕什麼呢？」

君心急出一身汗，覺得不能再拖延了。「小曼姊，妳聽我說，我知道玄女是誰了。」

「真的？」她猛然抬頭。

君心深深吸了口氣，「玄女就是王母娘娘的閨名。前任天帝猶在位時，她負責看守天柱。天柱斷裂後，她嫁給了現任天帝，生下了帝嚳。」

殷曼望著君心好一會兒，「你是說……」她的聲音也顫抖了，「你是說帝嚳就是玄女一直想要產下的——」

「我只是懷疑，懷疑！」君心試圖平靜下來，「小曼姊……妳覺得呢？」他真希望殷曼能否定他，笑著說他想太多。

但是，殷曼的臉孔卻煞白了。「怪不得……怪不得……」怪不得仁厚卻公正的天帝一直不殺天孫，怪不得王母娘娘那樣蠻橫的護衛發了瘋的兒子，怪不得滿天仙神即使對天孫有再多的怨言，老一輩的神祇都會設法壓下。

她亡失了太多記憶，所以不記得王母的閨名。楊瑾叔叔在東方天界這麼久……可能早就知道了吧？只是困於言咒，什麼都不能說，只能匆匆的把無辜的司徒楨送走。

若眞的是這樣，知道這個禁忌的他們，會面臨怎樣的命運？

她低頭沉思了一會兒，瞥見君心憂心的眼神。這孩子……嚇壞了。

「總之，都是推測而已不是嗎？不等玉簡的禁制破解，我們也不知道眞正的眞相。」

殷曼知道自己的的回答根本是委婉的迴避，但的確讓君心鬆了口氣。

「是啊，現在憂愁也太早了點，最少也等證實了再說嘛。」他很快的振作起來，「說不定到最後，我們發現那只是王母娘娘的少女筆記，後面是她戀愛的心情，怕被人看到丟臉，才遣人看守也說不定。」

殷曼暗暗苦笑，卻隨口漫應，「這也很難說。」

君心歷經種種苦難，反而很容易想得開。窮擔心又不能讓事情變好，對吧？往前走，總是會有希望的。

「肚子好餓，我來做飯吧。」君心開心的拎了圍裙，很認真的煮起晚餐。

殷曼憂鬱的笑了笑，回到房間想要繼續用功，卻怔怔的坐在床頭發愣。

「妳太寵他了。」幽靈屋主悄悄的穿門而入，臉孔籠罩在陰影下，「這樣好嗎？」

「太多和太早的憂慮沒有用處。」殷曼淡然的說。

幽靈安靜的用冷沉的眼神望了她好一會兒，「我倒有幾分喜歡妳了。」隨著輕得幾乎聽不見的嘆息，她悄悄的隱退。

殷曼凝視了虛空一會兒，拿出自己以前的筆記，靜靜的用功起來。

君心的好心情沒維持幾天，就來了一個不速之客。

他已經不是當初那個懵懂的修道少年，半妖化的他，對各式各樣的氣極為敏感。當他感應到和敖廣類似、卻較為稚嫩的氣時，立刻喚出無形的飛劍。

他是誰？為什麼在家門附近徘徊？

任何人來看，都會覺得他眼前這位少年極其普通。普通的身高、普通的衣服，連長相都極爲普通。

但是這種過分堅持的普通，反而讓他顯得有些怪異。

瞥了一眼，發現他的領口別了一塊小小的黑布，可見是在戴孝。雖說龍王的死不是因爲他們的緣故，但對悲痛的家屬來說，他們卻脫不了關係。

「我姓龍，是龍家長子。」他的聲音低沉而有磁性，「很抱歉在門口這兒驚嚇你，但這宅邸我進不去。」

先禮後兵？君心忖度了一會兒，「這是西方死亡天使的住處。」

「不是因爲這個。」龍姓少年搖了搖頭，「我們尊重管理者。」

管理者？君心心底冒出大大的問號。他知道眾生尊敬畏懼的「管理者」是誰，但這個個性模糊的城市沒有管理者啊。「你應該知道，這個城市沒有——」

「不是這個城市……」他困擾了一會兒，「算了，這和我來的目的沒有關係。」

他恭恭敬敬的低下頭，「我代過世的家父前來致意。他臨終前念念不忘，因爲您的善心，讓他有交代遺言的機會。」說到最後幾句話，這少年已經開始聲帶嗚咽。

君心慌張起來，「沒！沒那種事情！」他反而難過起來，「……他離開的時候還好好的呀。」

「家父不願『久病』拖累我們，自我了斷了。」少年忍不住啜泣起來，「若不是恩公留情，他連返家的機會都沒有。他囑咐我，務必要跟您說幾句話。」

敖廣是自殺的?!為了不牽連整個龍王家族，他選了這一條路嗎?!

「其實我也不懂是什麼意思，但他要我背誦這幾句話。您聽好，『此事隱密至極，唯有四聖之長知曉關節，以及若干暗部。與其防神，不如防妖』。」龍姓少年背完這幾句，不安的問，「您懂意思嗎？家父就交代這幾句，令我絕不可探求內情，也不可跟任何人提及。」

君心咀嚼了幾遍，心情越發沉重。「……我懂了。我是凡人，不能去弔唁。只能請你在令尊面前致意，感謝他不念舊惡，還送了這麼緊要的口信。」

龍姓少年想問，嘴巴張開又閉上。到底是什麼逼得父王非自盡不可？母后哭得死去活來，還再三阻止他來送口信。他很想知道眞相……但他已經擔下一整個家族的命運，不能棄父親的遺命和親族於不顧。

「我很想知道，到底是……」他落下大滴大滴的淚，「但是，我不能知道，對不對？」

「對。」君心沉重的說。

他用袖子狠狠地擦去眼淚，「你會代我父親報仇嗎？」他的聲音壓得低低的。

君心愣了一下。我？我？一個凡人？他想到殷曼碎裂的魂魄，想到小咪被換了臉孔、呆滯的眼神，想到很多無辜死去的人與眾生。濃郁的哀傷和痛苦，那些他曾經視爲親人的朋友們……

「好像很不自量力，哦？」君心苦笑起來，正色說，「我會不斷嘗試，或許不只是爲了你父親。」

龍姓少年定定的看了他一會兒，肅敬的行了禮，轉身消失。瞬間，下起了傾盆大雨。

龍行，必隨暴風狂雨。

君心深吸了一口氣，發現自己手上還拎著醬油。呵。

「小曼姊，」他開門進去，「剛剛新龍王來過了。我參見東海新龍王時，居然拎著大瓶的醬油呢。」

殷曼像是什麼都知道一樣，稚弱的臉孔湧現一個早熟而堅毅的微笑。

說不定因爲這微笑，他就有勇氣去對抗所有的一切。

哪怕是主宰天地成毀的敗德之神。

第八章 天之衰

縹緲的天界，天帝垂危的消息被掩蓋下來，王母衣不解帶的隨侍在側。華麗的燭台或明或滅，發出莊嚴的檀香氣息，卻對天帝的病情無能爲力。

天人五衰：頭上花萎、不樂本座、威光減損、腋下出汗、天衣穢垢。

身爲天人，百般修煉，終究還是逃不過五衰。王母俯望天帝枯槁的容顏，突然覺得有些陌生。

這人，就是她想盡辦法奪到手，跟隨了漫長一生的良人嗎？說起來，她從來沒愛過這個出生邊陲、心腸軟弱如凡人的丈夫。但是他寬大的庇蔭她一輩子，現下他快要死了，有種深深的恐懼和憂慮緩緩的升了上來，讓她像是被掐緊了咽喉。

在外人眼中，她是霸道專橫、不可一世的王母娘娘，但她的內心，卻還是當初獨守天柱的少女巫神。她的心還是那麼堅定，堅持她所做的一切都是正確的，即使多少人恨她，她依舊相信，若不是她逆天而行，這世界早已崩毀。

她從來不在乎他人的評價。她永遠記得，她是玄女，是父皇委以重任、看守天地的巫神，她的使命就是讓這世界繼續存在下去。

少女時，她厭惡無謂的權力爭鬥，卻讓這些扭曲摧毀了天柱。爲了彌補這個過錯，她寧願自己跳進這污濁的漩渦，將權力緊緊的攢在手裡。

沒人了解有什麼關係？她倔強的挺直背。就算丈夫厭她、躲她，就算兒子恨她、怨她，她都不在意。她眞正關心的只有這個世界，或許她也只愛那堅守了一生的天柱，和她的職責。

守著漸漸死去的天帝，她又焚上一爐續命香。二十年，或許她可以再拖二十年。這是她能力的最大極限。她原是天界最強的醫者，卻對丈夫的病無能爲力。

戰爭、衰老、憂愁、過度耗損心力。除了這些以外，她明白，當初她盜走丈夫大部分的元神去孕育「天柱」，更是主要的原因。但她呢？她幾乎付出了自己的一切神力。

二十年能幹什麼？她幾乎心血用盡，可產下的天柱化身，卻寧願在南獄裝瘋。等天帝死了……

她突然煩躁起來，冷冷的囑咐醫官好好看著，走出過分溫暖的房間，站在花園裡發愣。

「娘娘。」董雙成迎了出來，緩緩跪下，「下界列姑射島城隍上呈奏章與犯神兩名。」又膝行趨前低語了幾句。

王母的臉色變了，揚手就是一個耳光，打得董雙成半邊臉孔高高腫起，「都是死人嗎?!這麼重要的事情，拖延到現在才說！」

董雙成既沒有哭泣也沒有抗辯，只是低著頭，「是奴婢誤事。」雙手捧上禁著犯神的玉葫蘆。

王母一把奪過來，氣得直哆嗦。「看轎！去南獄！看那個該死的畜生有什麼話對我說！」

王母怒氣未息的衝進南獄，完全無視於銅牆鐵壁般的結界。即使失去大部分的神力，她依舊法力高深，是天界數一數二的人物。

怒火高張的神威令人遍體生疼，修行較微的仙官根本就昏厥了過去。

「你這孽畜！下凡歷劫又歷了什麼好事出來?!」她將奄奄一息、肢體不全的上屍神和下屍神扔在帝嚳的面前。「你說！你去哪兒找到記錄玉簡，又為什麼埋在天柱遺址那兒？說啊！我百般遮掩、維護你這畜生，你長長短短的惹了多少禍？打小你要什麼，我沒弄給你？為什麼要這樣拂逆我？」

她越想越氣，看到帝嚳一臉漠然的抱著飛頭蠻，有一下沒一下的撫著那頭髮，她的火氣更旺，一把扯住飛頭蠻的長髮拖了下來。「我跟皇嗣說話，妳這妖女還不知道迴避?!」稍一使勁，便把飛頭蠻的手臂扯了下來，大量的鮮血噴灑出來。

帝嚳神色一變，王母還沒反應過來，已經被一股霸道的風壓給颳出了結界之外，這股風壓夾帶著暴風雪，將隱形的結界凍得晶光閃爍，像是一只倒扣的大琉璃盆。

他俯身抱起倒在血泊中的飛頭蠻，撿起她被撕裂的手臂，細心又憐惜的用自己銀白的長髮爲線，滲漏進來的月光爲針，將手臂縫了回去，傷口居然癒合得完完全全。

「你們這些老一輩的神，怎麼這麼不愛惜玩具。」他溫柔的找了新的衣服幫木然的小咪更衣。「說起來，你們比我都殘忍多了。我打從心底愛惜他們的美好，你們根本就瞧不起他們。」

王母在結界外氣得發怔，卻怎麼樣也進不去。「小畜生！今天你不給我個交代，我跟你沒完！」她怒吼著。

帝嚳抬起眼，帶著微微的厭倦。「是，那是我在人間遊蕩的時候找出來的。也是我親自找到了天柱遺址，在那兒埋了，還私拘了三屍神和各山神地祇看守著。甚至也是我替《山海經》寫了補遺，替那玉簡取了個『不周之書』的名字，用人間道家的禁制封了後半截。是，都是我做的。又怎麼樣呢？」

王母張大了眼睛，不敢置信，「你爲什麼這麼做？你既然找到了我失落的玉簡，爲什麼不交給我？那可是——」

「那是我的身世之謎，對吧？」他笑了起來，卻帶著森嚴的深冬之寒。「若有人破解了玉簡，說不定能從中找到我的弱點，然後殺了我。」

瞪了他很久很久，王母氣餒了，「你什麼都知道，卻還要這樣做？」

「沒人殺得了我。」他神情淡漠，「以前的天帝說不定可以。」

王母眨了眨眼睛，不讓眼淚掉下來，「我一生都在保護你。你爲什麼……」

「妳一生都在保護天柱，我知道。」帝嚳淡漠的回答，「妳若不回去，天帝可能就要死了。」

恨恨的瞪了他兩眼，王母昂著頭，匆匆的離開南獄。

許久之後，帝嚳才輕輕的開口，「或許有人能殺了我，也不錯。」他擦拭小咪臉上的血漬，將她抱得緊一些。

然後他不發一語，只是望著月光緩緩移動、微弱，然後日光取代了月華，無知的譁笑。

這世界，是這樣無知的愉快，接近愚蠢。

「……無知其實是好事。」他輕撫著小咪柔滑的長髮，「什麼都不知道，其實是最幸福的。知道這些做什麼呢？親愛的，妳說是嗎……」

他的思緒飛得很遠很遠，遠到那幾乎遺忘的往事。在什麼都不知道的時候，他是天界備受尊崇的皇儲，代替多病的父皇治理國事。雖然王母對他完全溺愛，但他這樣一個英明勇敢的少年皇族，卻沒有一點驕奢的模樣。

唯一的任性，也只是愛上了侍書的仙官，堅持娶她爲妻。在那個什麼都不知道的年代，他有慈愛的父皇、溺愛他的王母，還有深愛的妻子。

即使是無止無息的戰爭，各天界心懷鬼胎、互相制肘。即使面對再多的困難，他也曾經充滿希望、勇往直前。

在那什麼都不知道的年代。

他從什麼時候開始「知道」的呢？是處決魔族間諜時，間諜的嘲笑？還是其他天界使者若有似無的屈從迴避？抑或是父皇和王母的爭吵？

也可能是他美麗妻子過度的恭敬，和掩飾在恭敬之下的厭倦和畏懼？

他不記得了。

或許是這一切加在一起，或許他不該去追求所謂的眞相。說不定他應該選擇無知，而不是將祕密揭開。

「所有的讚美、愛慕、擁戴，原來只因爲我是天柱的化身哪……」他發出冰冷的嘲笑，「在我出生之前，這個世界就該毀滅了。勉強而不自然的延續有什麼意義？大家都瘋了，事實上所有人都瘋了吧……」

他將臉埋在小咪的髮間許久許久，即使輕輕的足音停在他面前，他也沒有抬頭。

「這是你要的衣服。」董雙成捧了天衣過來，語氣很溫柔，「我親手做的。」靜靜的將衣服收好，她在帝嚳面前跪坐，「你不該讓娘娘太傷心的。」

帝嚳抬起眼皮，「哼。妳還眞像條狗，被笞打過還效忠著主人。」

董雙成的頰依舊有著火辣的掌印，浮腫得一隻眼睛幾乎張不開。「娘娘不打我又能打誰？」她心平氣和的，「她是西王母，該自矜身分的。我是她養大的，自然該聽她的。別說這麼輕輕一掌，就算粉身碎骨我也不會抱怨。」

「妳諷刺我？」帝嚳迅雷不及掩耳的掐住她的下巴，「別以為妳跟我一起長大就有什麼情分，賤婢！」

即使被他捏握得臉都扭曲了，董雙成還是平靜的，「嚳，你有情緒了。這是好事。」

帝嚳狠狠地將她摔開，臉孔隱入深深的黑暗中。「……妳和他們都一樣。」

「是一樣。」她拂了拂散亂的髮鬢，「但你也知道，我根本不關心這世界成或毀。我只要你和娘娘都好好的，其他的我不管。我也不管你是什麼天柱不天柱的──」

「滾。」他陰柔的聲音變得粗啞，「在我挖掉妳的眼睛之前，快滾！」

「你就挖吧。我不跟你說這些，誰跟你說？」董雙成揚高聲音，「我寧願你挖我眼睛，也不要你在那兒裝個瘋啞巴。你要裝瘋到什麼時候？天帝駕崩以後，你就得接位了。我不懂，就算你是天柱精魄出身又怎麼樣？我可是青鳥出身呢。你還是你，我還是我，跟以前有什麼不同？你有需要爲了個賤女人——」

「我不想殺妳的，雙成。」他的聲音恢復悅耳，卻令人毛骨悚然。

董雙成閉上嘴，她曾見木偶似的小咪，心裡微微一動。「她的另一個分身……正在蒐集魂魄。」她掏出一個小小的減妝盒，打開來，裡頭有個精緻絕倫的手鏡和月梳。「或許你的願望會達成。」

黑暗中，帝嚳發出冷笑。

「獲得一個完整的她，或是死。」董雙成留下減妝盒，站了起來。

他的冷笑戛然停止。

董雙成轉身離去。她自幼待在王母身邊，對帝嚳和王母的脾氣摸得清清楚楚。她是個奴婢，是被青鳥一族遺棄的孤雛。她破殼而出時，第一眼看到的是王母，第二眼則是帝嚳。

這兩個人，就是她的一生一世。她非常了解他們的歡欣與痛苦，了解他們的脾氣和底線。

王母雖然會打她，但也只打她。帝嚳雖然對她這麼兇，但也只會兇她。在他們眼中，雙成，是和別人不同的。

她隱入黑暗，從影子開通道，回到王母身邊。

王母呼吸粗重，像是忍著怒氣。「……那孽畜怎麼樣了？」

「回娘娘，看上去清醒些了。」

「哼。他有什麼瘋病？只是存心讓我爲難而已！」她握緊椅臂，指節微微發白。

「娘娘，當心手疼。」董雙成倒了碗茶，溫柔的勸著，「且順順氣。現在要緊的是，要怎麼收拾好呢？」

「還能怎麼收拾？能夠怎麼收拾?!」王母怒罵，但氣息已經比較平緩了。「滿天仙神，誰不想扳倒我？這事兒我能交給誰辦去?!」

董雙成垂下眼，沒有答話。

王母悶悶的想，這事兒交給誰辦都不對。這玉簡是她親手寫下的，當初怕自己失敗，製了這玉簡要寄給姊姊女媧，但是當時局勢混亂，這玉簡沒寄到姊姊手上，就這樣遺失了。

當時還是玄女的她，唯恐生下的天柱有缺陷——畢竟天人產下畸兒的機率太大——她考慮過，若是畸兒，便將他斬殺而封印，只留下天柱的功能。

但她當了這麼長久的母親，已經不是當初心腸如鐵的玄女了。

若是讓人知道，可以殺了帝嚳，卻能保住天柱……她不能讓這種事情發生！

「……城隍知道多少？」她語氣冰冷。

「只知道三屍神無令妄下凡間潛伏。封天絕地後，城隍對這類的事情格外謹慎。」

「他也沒膽子親審屍神囉？」王母冷笑一聲。

「天柱遺址發生的事情，老城隍不敢擅專。」董雙成恭敬的回答，「上屍和下屍是奴婢親審的。」

王母點點頭，「妳倒好心，保住老城隍一條命。」

董雙成默然一會兒，「娘娘，動到陰神反而容易讓人犯疑。也是奴婢想太細——」

「罷了。」王母擺擺手，「今年角宿當職？聽說他倒有票妖怪子孫和親朋好友？」

「回娘娘，是有。」

「傳我口諭。」王母深深吸了口氣，「這事兒仙神插不了手，讓妖怪去殺了那三個碰了玉簡的凡人。」

「……那玉簡呢？」董雙成訝異的抬起頭。

「燒了。」王母想都沒想，「他們死在哪兒，就整個城都燒了。入地燒三丈，記住了。」

董雙成點了點頭，行禮而去。

「雙兒。」王母叫住她，她恭敬的站住，等候王母差遣。

「……臉還疼不疼？」她的聲音有些遲疑。

「不疼。」董雙成泰然自若的說，哪怕她連眼睛都睜不太開了。「只是磕著了門，腫了些，並不疼的。」

王母還想說些什麼，又閉緊了嘴。她抬了抬手，董雙成只覺臉孔一陣清涼，紅腫居然消了下去。「我是暴躁了。」

「是奴婢不該惹娘娘心煩。」她福了福，離開了。

王母坐在鳳椅上，很久很久。又是椿殺孽，她實在記不住背了多少性命在身上。可又怎麼樣？她倔強的挺直背。

總要有人跳下這個污濁的泥坑，總要有人背起這些無辜的生命。這是她選的路，她不會後悔，也不能後悔。

角宿接了王母的口諭，沉吟了片刻。

「雙成，妳知道我不大干涉外面的事情。當值的時候，我惹出什麼亂子，老大那兒難交代，我對天帝也難交代。」

「天帝怕是也沒辦法對你說什麼。」董雙成漠然，「至於你家老大，有娘娘在呢，你怕什麼？」

角宿嘆了口氣。角宿屬青龍七宿，是由四聖之一的青龍星君管轄。青龍星君亦是四聖之長當中的一個，專管鱗蟲。

四聖立場向來中立，說起來，跟王母還疏遠些，對於那個變態的皇儲可說是不太欣賞。但現在玉帝的病情似乎非常糟糕，將來會演變成什麼局勢，誰也不知道。

「我說雙成，」他決定用推字訣，「就算是王母諭令，我上面還有個青龍老大。妳要不要先去找我們老大溝通一下？」

董雙成一言不發的抽出一張令紙，瞬間讓角宿啞口無言。紙上的字跡潦草得要命，一看就知道青龍老大情緒不太好，隨便抓了張紙就寫。但是……老大也只能寫在廁紙上發洩，擔子還不是他在扛？

他更無力的收下那張令紙，「回覆娘娘說我明白了。但是我那幫子親朋好友就這樣無端替天界賣命，沒沾啥好處，實在是……」

董雙成有些厭惡的看著這個滑頭的角木蛟，「事成之後，當然論功行賞。必要的時候賞個神職什麼的，連我都作得了主，還要什麼保證沒有？」

這年頭，當權貴的狗都好過當神官……好大的氣焰。角宿心裡冷笑著。

「是是，有勞雙成大姊了。」他滿臉笑容的將董雙成送出去，回來馬上臉一垮，心裡狂罵不已。

一整城的生靈……這罪過可不小。就算天帝不追究，他拿了這好處心裡過得去嗎？但是太廉潔人皆嫌，乾脆裝個貪婪樣兒，將來也比較不會惹人注目。

他煩躁的踱來踱去，長嘆一聲。

王母心狠手辣誰不知道？他親眷一大窩，逃也逃不掉，更不用算人間那票子妖怪朋友了。

「時勢如此，怨得了誰呢？小朋友，只怨你們無事生非，惹了那婆娘啊……」

角宿自言自語，卻無法說服自己。

天帝若來不及禪讓就過世了，恐怕那個敗德的皇儲就會登基。他不懂爲什麼青龍老大明明討厭帝嚳討厭得要死，卻又擁戴帝嚳。

不過，他當仙官這麼久，第一件學到的事情就是——不聽、不看、不說。

天界的景色依舊縹緲虛幻，美得朦朧。但在角宿眼中，這看慣的美麗景色，卻帶著衰敗的哀傷。

他悶悶的下凡，準備執行王母的命令。

—第九章— 初萌

學校突然有了大規模的轉學潮。

先是那隻饕餮轉走了，然後半蛇妖沒幾天也轉走了。陸陸續續所有的半妖幾乎都轉學出去，但又有幾個有些道行的妖怪轉學進來。

殷曼察覺有異，卻又有幾分了然。但她的個性就是這樣平穩無波，就算大火燒到眼前，她也只會倒退個幾步思考如何逃生，不太會起驚慌。

不過周明也要走了，這倒讓她感傷起來。說起來，她很喜歡這個大刺刺的文藝少女，不管她是什麼種族，都是一起讀書的好友。

周明低著頭，喃喃說著言不及義的道別，不敢正眼瞧殷曼。她收拾好書包，就和臉孔蒼白的母親一起離開了，連話都沒多說一句。

殷曼望了望他們班上越來越多的妖怪同學，心裡大約有點底了。她知道應該有些什麼事情在醞釀，在他們觸碰了「不周之書」這樣的禁忌之後，這種事情本來就難以避免。

但是，她在書包裡找到周明偷塞的紙條時，又很感動。

「殷曼，大票妖怪要你們的命，還要放火燒城。萬事小心。」

她將紙條化了。或許她並不害怕，但她不希望這張善意的紙條危害到善良的好友。

晚上她跟君心說了，口氣平淡得像是在討論天氣，「我想我知道龍王說防神不如防妖的意思了。」

「大概也是怕其他神明知道『不周之書』的存在吧。」君心也沒什麼害怕的樣子，「只是很奇怪，人馬越聚越多，怎麼不動手呢？楊瑾叔叔，你要不要考慮調去其他醫院一陣子？」

楊瑾埋在報紙後面，「我在這裡還有病人要看。爲什麼要怕那群雜毛小妖？」他翻過一頁報紙，喝了口茶。

殷曼他們不知道的是，這紙追殺令在妖怪中引起熱烈的討論和爭執。妖怪當中固然有反對的，但也只是舉家遷徙避禍；更多的是覬覦殷曼的魂魄和王母甜美的獎賞。

對這些修煉多年卻不得天門而入的妖族來說，殷曼的魂魄和王母的保障，等於是進入天庭的門票，將可與諸仙神平起平坐。

這讓許多家族明爭暗鬥，互相牽制。有些按捺不住的小妖單獨對殷曼或君心出手，但都吃了大虧回來。這才驚覺，魂魄幾乎散盡的大妖和以妖入道的人類少年都不是好吃的果子。

看來，只能一起對付他們了。

被角宿委託的幾個族長召開了會議，會議上卻爭執不斷。

「我說，」火妖率先忍不住，「還需要婆婆媽媽開什麼會？大夥兒一起上，宰了他們倆，放把火燒得乾乾淨淨，不就可以覆命領賞？還開什麼會浪費時間?!」

「說是說一起上。」狸精冷笑起來，「怎麼我家孩兒去挑戰那個道士，你家姪子卻不分青紅皀白的將我小孩燒個焦頭爛額？」

「那是誤傷！」

「我看你是想獨佔功勞！」

一時之間，吵得更凶猛、更激烈，甚至開始丟東西、砸桌椅，幾乎把會場變成了戰場。

「好啦！你們是吵夠了沒有！」蛟精族長大喝一聲，像是平空響了記焦雷，「這事情是角宿交代下來的，承不承認這起功勞，還是得看角宿怎麼說，現在是在爭什麼?!」

眾妖不大甘心的安靜下來。倒不是蛟精能服眾，而是角宿出身蛟精，總不好礙了主人的面子。

蛟族族長也很煩心。這樁事情茲事體大，若是他傾一族之力去辦，未必辦不下來。但眾妖在人間可無人管轄，尤其封天絕地之後，神魔絕跡，妖族更各行其是，誰也不服誰。若他們追捕殷曼和李君心之際，其他妖族也來搗蛋，豈不是更事倍功半？這才邀了其他各族一起助拳，沒想到只是將暗鬥提升到明爭，還越演越烈。

「腦袋只有三個。」蛟精族長凝重的說，「咱們自己窩裡先亂起來，是要辦到何年何月？」

「我倒是有個提議。」一直閉著眼睛假寐的梟怪出了聲，「這法子大家願意的話，先論了行賞先後，就算不幫手也別搗蛋，如何？」

「老梟，你就說看看吧。」蛟精族長疲憊的往椅背一靠。

「這三個凡人，咱們也都知道他們的背景。殷曼，化人失敗又魂魄幾乎散盡的飛頭蠻。但她這種狀況，還是可以打得你我滿地找牙。聽說朱嬸子的大兒子和三兒子都吃過她的虧是吧？

「李君心，聽說他可是扛過帝嚳分身的神威，現在以妖入道，道妖雙修。上回他不是打爛了狗熊李的臉，讓他躲在家裡養傷不敢出來？

「司徒楨，這小子是正統道門出身的。闖南走北，不知收拾了多少雜毛小怪。本不足爲懼，但現在他躲在北都城的管理者家裡。我說……誰跟天借了膽，敢去管理者家裡敲門要人？」

「你說這誰不明白？」朱嬸子逼緊嗓子，「難不成就別辦了？大夥兒一起上，還有什麼辦不成的？」

「大夥兒一起上當然辦得成。」老梟陰陽怪氣的笑了起來，「問題是領賞的是哪些個？統統都能成仙成佛？」

眾妖默不作聲。這件事情就卡在分贓不均，誰都想獨吞。一人吃不下，眾妖又各有異心，這才讓這三個人平安活到現在。

老梟嘆了口氣，「說眞話，王母交代下來，怎麼賞還好商量，怎麼罰才是重頭戲。不過我想大夥兒也聽不進去。這樣吧，擺個擂台，各族派些好手來較量過，訂個賽程，就取前三強。哪族贏了呢，自個兒去協調族裡誰領賞。這麼一來，大家都能齊心，你們說怎麼樣？」

眾妖先是啞口無言，接著竊竊私語起來。

「照你這麼講，若是輸了，不就白當義工？」朱嬏子先叫了起來。

「若連擺個擂台都輸了，還是別跟著丟人現眼吧。」老梟老實不客氣的說，「拳頭大就是好漢！咱們當妖怪的，難道還跟人類一樣濟貧救困不成？」

這話很合眾妖的心意，一時之間，口哨聲、喝采聲齊響，鼓譟不已。

蛟精族長深思了一下，覺得這倒是好辦法。能進前三強的妖族自然有實力，落敗的妖族就算不幫忙，也只能摸摸鼻子作罷。畢竟妖族耿直，拳頭往往出道理。

「就這麼辦吧。」他下了決定，「賽程的詳細規定，擬定後公佈。」

老梟看事情底定了，悄悄離開了會場。

「老狐狸，我看你這人情怎麼還。」他搖了搖頭。

當初狐影急匆匆的找上在都城作客的他，著實讓他嚇了一大跳。這隻狐仙向來貪懶，平常躲在咖啡廳裡東摸西摸，或回青丘之國管理國事，莫想看他離開老巢。而他突然衝到他的落腳處，反而嚇到了老梟。

「天下紅雨了？」老梟還眞的推開窗戶看。

「你跟我作什麼怪？」狐影沒好氣的，「我問你，追殺令你接了吧？」

老梟一整個心煩，「不接成嗎？你又不是不知道王母那婆娘……接是接了，反正也不差我一個人。我知道你跟飛頭蠻的交情，也不用怕我去湊熱鬧。眞要湊熱鬧，我躲在都城這鬼地方做啥？」

「我說，你去湊熱鬧吧。」狐影認眞的說。

「你當神仙當到六親不認了啊?!」老梟怒了。

「哎，聽我說。」狐影表情很凝重，「你認爲妖族的情誼如何？」

「明爭暗鬥，一盤散沙。」老梟想也不想的回答。

「沒錯，就這麼簡單。」狐影點點頭，「所以麻煩你發揮你的專長，去挑撥幾句。」

「啊？」

「就擺擂台，用拳頭爭名額啊。」狐影說得很理所當然，他拉過老梟，在他耳邊低語幾句。

老梟險些暴跳起來，但是細想想……眞不愧是老狐狸。「……這棋很險。」

「險?當然很險。」狐影煩躁的搔搔頭,「你知道,我受天律管轄,只能在都城和青丘之國活動;殷曼和君心又受命不准回都城。我只能拜託你啦!這總比這兩個傢伙被『車輪』的好。舒祈那死女人太有原則,我講破嘴皮子,她死都不交人。也煩不到那邊去……總之,我對殷曼和君心的實力有信心,你安啦。」

眞的沒問題嗎?老梟心裡倒是很不安的。

「喂?老狐狸。」他悶悶的撥了電話,「好啦,事情算是辦妥了。你確定要這麼做?」

「對。」狐影明顯的鬆了口氣。

「你都這麼講了,我能說什麼?」老梟鬱鬱的說,「你知道我這些年信了佛,越來越不愛無謂的殺生啊。」

「好啦，我知道你佛心來著。」狐影敷衍他，「你放心，什麼問題也不會有。」

的確，妖族的擂台很順利的開辦了。除了種子隊報名外，還開放現場報名挑戰。這個注定要火焚入地三丈的城市，突然熱鬧了起來，所有的旅館都爆滿，每天都有奇怪的人出入。

蛟精族長動用了關係，在近郊圈出極大的結界當擂台會場，熱熱鬧鬧的開了十天的擂台賽，終於選出前六隊，就要競爭最後的三強位置。

「現在還可以報名比賽嗎？」一個稚弱的聲音出現在服務台前。

忙到幾乎翻過去的服務人員頭也不抬，「等等會開放挑戰賽，妳先填這個表格……不過前六隊都很強，妳想跟哪隊挑戰……」然後他張大了嘴，說不出話來。

他的眼前出現了三個人——看起來約莫十三、四歲的少女，大約二十左右的少年，和一個俊逸的成年男子。

所有的妖族幾乎都把他們看熟了，畢竟這個擂台賽還掛著他們的玉照——至少有少年、少女的玉照。

少女認眞的塡好表格，服務人員呆呆的接回，上面眞的就塡著「殷曼」、「李君心」、「楊瑾」。

現在……該怎麼辦？他抓著表格，臉色鐵青的衝進蛟精族長的休息室。

「這樣算受理報名嗎？」殷曼回頭問。

君心聳了聳肩；楊瑾掩著嘴，打了個呵欠。

臉色同樣鐵青的蛟精族長，跟著服務人員一起快步走出來。看到殷曼和君心，已經腦門一昏了，又瞥見楊瑾，整個頭都脹起來。

西方天界的死亡天使……不是聽說他被免職了？爲什麼還有這樣內蘊的神威?!

「你們擅自穿越結界……」他勉強擠出聲音。

「我們只是來報名的。」殷曼依舊是慢呑呑、軟軟的聲音。

「你不就是要他們倆的腦袋？」楊瑾懶洋洋的，「我們自己送上門，還嫌不好？」

蛟精族長一時不知道如何是好，賽程還沒個結果，這群人突然插進來，把他的算盤都打亂了。

殷曼微微一笑，「這麼說吧。我們參加比賽，若我們輸了，引頸受戮，你們不用花費手腳。但我們若贏了……就當沒這回事，饒過這城市，免了許多殺孽，你說好不好？」

蛟精族長還在發昏，一旁的老梟順手推了一把，「就讓他們報名吧。咱們這麼多人，還怕他們輸了賴帳？」他低低的對族長說，「消息不知道怎麼走漏了，不趁他們托大自己跑來，讓他們逃跑了，上哪兒找人去？讓他們報名，輸了馬上逮人，賽程又可以繼續，兼之統合妖族。您老辦了這麼大的活動，將來誰不服您？託賴了這活動領賞成仙的，敢不賣您老面子？您隱然就是妖族間的霸主了！這機會切不可失呀！」

蛟精族長仔細想想，果然有道理。殷曼和君心雖然棘手，但畢竟算是凡人，哪敵他們妖族精挑細選的高手？楊瑾貴爲西方死亡天使，但也是前塵往事。西方天界甚嚴，天使免職後嚴禁使用法力，看起來也不足爲懼。

於是他笑逐顏開。「受理他們的報名，讓他們參加挑戰賽吧。」

受理報名完畢，大會廣播人員悅耳的聲音傳遍全場（雖然有些顫抖），「挑戰隊受理報名。成員爲殷曼、李君心、楊瑾。」

數千人（妖）的會場瞬間寂靜了數秒，然後轟的譁然起來。

蛟精族長清了清嗓子，說明了殷曼隊的參與和條件。譁然聲響漸漸低了下去，變成春蠶似的竊竊私語。

無數貪婪銳利的眼光，像是要刺穿這三個人似的。

殷曼還是靜靜的，君心漫不經心的東張西望，楊瑾又打了個呵欠。

看他們這樣好整以暇，族長突然感到一絲不安。他悄悄的吩咐，避免讓殷曼這一隊直接和自己的子弟兵交手，先將他們安排給朱家班。

畢竟不知道道行深淺，萬一他們蛟族在殷曼手底栽了跟頭，那他這妖族霸主的面子可不太好看。

進入前六強的朱家班可不太開心了。尤其是朱嬸子，眞是仇人見面，分外眼紅。她的兒子們沒繼承到老爸、老媽的好本事，卻有著爸媽一樣目空一切的傲氣。追殺令一下來，她的大兒子和三兒子就去找了殷曼。

但是，殷曼成天都在打發前來挑戰的妖怪，這兩個小朋友就讓她順手打發了。大兒子好些，只一條腿骨折；三兒子卻被打傷了內丹，現在還臥床調養中。

「妳這妖女！」朱嬸子大吼，「我要把妳的內丹掏出來餵狗！」

「大姊，她沒有內丹了。」她的小弟朱實非常老實的說。

「別惹妳姊姊生氣。」她的丈夫朱昌勸著，「不過老婆，妳也是妖女欸。」

「你們……」朱嬸子快要氣瘋了，「給我閉嘴！」

他們嘴裡吵著、勸著、辯解著，一面衝了過來。他們是野豬妖，在人間修煉了數百年，說起來算是妖族年輕的一代。但野豬一族在朱嬸子這個女強人的手底興旺了起來，好鬥的風氣使他們勉於修煉，他族都不敢小覷這群逞凶鬥狠的野豬妖。

這次的擂台賽，對朱嬸子這隊更爲有利。除了法術和體術高超外，這三人皆爲親族，默契更是好到令人難以相信，渾如一體。

三妖衝到殷曼隊眼前，赫然發現居然只有兩個人，不禁一怔。那個死亡天使呢？怎麼突然不見了？

趁這一怔，君心喚出飛劍。經過第二次天之怒的淬鍊，這幾柄飛劍已經大不相同，寶光流動，隱隱生輝，擰轉成一條銀白的劍龍，猙獰而莊嚴的撲向朱嬸子。朱昌卻靈活的一衝，將劍龍擋住，瘦弱的朱實平空一炸，幻化成一道朦朧的紅塵，籠罩在朱昌身上，劍龍的利爪居然被這薄薄的紅塵擋住了。

覷著這個空檔，朱嬸子直取殷曼，手上的雙刀發出冷笑似的光芒，卻像是撞到了一堵無形而厚重的牆壁，狂暴的珠雨隨之而下，她狼狽的就地打滾，才滾出了珠雨的範圍。

朱嬸子心頭一凜。怎麼也沒料到喚出攻擊珠雨的，居然是李君心這個人不人、妖不妖的小鬼。他能驅使飛劍幻化的劍龍，已經夠讓人難以置信，而在操作法器之餘，尚有餘力行使妖法？

不過幾秒鐘的時間，攻防已然數十回合。雙方後退停滯，互相凝視著。整個龐大的會場靜悄悄的，數千觀眾都屏息靜氣，看著這場精彩無比的對決。

只有楊瑾緩緩的取出菸，火光一閃，呼出一口白煙。

跟他們一起出門時，楊瑾說，「我是湊人數的。既然我已經被解職，就不能夠使用聖光。現在的我，不過是個凡人罷了。你們別想我能幫你們什麼忙。」

「叔叔，你不用來。」殷曼淡漠的臉孔出現了一絲困擾。她對楊瑾的記憶或許破碎，但受過他撫養愛護的溫暖，深深的寫在她的某個人格中。她完全不希望這位親愛的養父受到任何傷害。

「狐影太胡來了。」楊瑾安靜的穿上大衣，「他對自己太有自信，老是亂出些餿主意。既然他將妳託付給我，我就該看守到最後。」

殷曼張了張嘴，又把話吞下去。或許她也學會了，別推開親愛的人。如果這是叔叔的希望，她沒有理由阻止。

「我不希望你受傷。」殷曼走過來，向來淡漠的她，流露出一絲擔心，將手輕輕的疊在楊瑾的手上。

這隻小小的手，體溫比一般人都低。但是，因爲微塵而受苦發燒的時候，又會滾燙得如炭火。

「妳是我的女兒。」楊瑾溫柔的摸摸她的頭，「我幫不上什麼忙，但也不會拖累你們。」頓了一下，「我希望可以看顧妳到最後。」

在混亂的會場中，楊瑾用冷靜的眼光看著一場場的戰鬥。他雖然不能使用神力，但他在東方天界的轄區「收集資料」已經有許多年，身分一直都是醫生。或許人類有他們的魔法，他常這樣想。

醫術本身，說不定就是一種魔法。他開始學習人類的醫術，從遙遠的中醫到現代醫學。他一直是個好醫生，甚至是個優秀的精神科大夫。

觀眾們或許會納悶，爲什麼他這樣孤零零、毫無防備的站在會場抽菸，卻沒有人攻擊他？但是，會場裡的選手會老實的告訴你，他們只看到殷曼、李君心，從頭到尾沒看到楊瑾。

眾生和人類沒什麼不同，都很容易被「暗示」。所以他們也很輕易的接受了楊瑾的催眠，看不到一直在會場上的楊瑾。

他默默的看著。這本來就不是什麼公平的競賽。當殷曼他們輕易的打敗朱家班，下一隊馬上遞補上來，然後是下一隊，再下一隊。

沒錯，這是車輪戰。但又怎麼樣呢？這世間本來就沒有什麼所謂的公平。他們早就有了覺悟，才會到這邊來踢館。

他也同意狐影的看法，對殷曼很有信心。雖然她幾乎失去了一切，但根深柢固的天性是不會因爲魂魄殘缺而有什麼改變的。

她沉得住氣。正因爲這樣沉穩的性子，所以她沒花太多的時間哀悼，也不因爲局勢的混亂而有什麼動搖。她還是可以冷靜的判斷，在最合適的時機出手，將她僅有的幾樣法術發揮得淋漓盡致，表現出超乎她能力所及的精彩水準。

但是，他對君心卻沒有什麼把握。這個孩子像是個不定時炸彈，隨時都可能因爲某種謎樣的能力而炸裂開來，誰也不能倖免。從莫名的淬鍊出神器，一路搖搖晃晃、腳步不穩的走過來（也炸了不少屋頂），他自己也對這樣的能力抱著莫大的恐懼和不安吧？

最近，他越來越少引發這種爆炸力，對他們家的屋頂來說當然是福音，但對君心而言眞的是好事嗎？

沒有引發這種爆炸力，不是因爲他學會了怎樣「控制」，而是使盡全力的「壓抑」。豐沛的法力宛如長江巨流，湮堵絕對是最壞的手段。

但他簡直是在阻止自己使用任何法力，除了驅使劍龍和珠雨，他的妖化也在非常壓抑、甚至綁手綁腳的情形下作繭自縛。

他還能忍耐多久呢？楊瑾對這點感到不安。他並不把這妖族的小小擂台放在眼底。眞正有實力的大妖，用不著逢迎拍馬，待時機成熟，就會自然而然的飛升；甚至不等那一天，東方天帝便會直接來延請。會汲汲營營於此的，通常都沒有什麼實力，尤其是這個諸妖疏於修煉的科學現代人間。

殷曼他們連龍王都可以打敗，要打發這群小妖只是耐力訓練而已，楊瑾毋須出手。

他比較擔心的，是這群小妖背後的主子。這也是他非來不可的主因。

當他們打退了最後一隊之後，原本囂鬧的擂台變得如此安靜。

殷曼並不覺得這有什麼了不得。在她殘缺的記憶中，不乏這種大規模的爭鬥，雖然她總是極力避免。但她擔心的看了一眼臉孔蒼白、一言不發的君心，心裡升起一股濃濃的憂慮。

她也察覺到，君心極力壓抑這股力量。或許是因爲她在他身邊的關係。殷曼心底微微一動。

他怕誤傷了她。領悟到這個事實，殷曼的心五味雜陳，不知道是什麼滋味。

這該怎麼疏導他好？她苦苦尋思著，卻有些氣餒。光是把殘缺的記憶組合完整，淨化微塵，就已經讓她心神耗盡；發現自己什麼都不能的無能爲力，更讓她哀傷。如果她還是完整的大妖殷曼，一定會有什麼好法子，帶她的小徒渡過這個難關。

但現在的她……等於死了大半。向來平穩的她，瞬間陷入了濃重的感傷中，顯得心不在焉。

君心看她若有所思，清了清嗓子，「主辦人，我們贏得這場比賽了吧？」

猶在發愣的蛟精族長點了點頭。

「那還有誰要來挑戰的？」君心收了興奮得有些控制不住的飛劍，使起內勁，對著整個會場喊話。

說起來，他的聲音並不響，但遠遠近近的妖怪都聽得清清楚楚，更別說他手裡沒有擴音器了。

這個人不人、妖不妖的小伙子，修道不是不到三十年嗎？他們想起許多零零星星的傳說，關於他、關於殷曼。關於他們膽敢對抗敗德天孫，與天孫交手後還能活下來的傳聞。

蛟精族長頹下了肩膀。他年紀大了，看的世面多了，能夠明智的判斷實力的差距。他們曾經天真的以爲一擁而上就可以解決這兩個凡人，但他卻想起，李君心，是近千年來唯一熬過天之怒的神器製作者。

「成仙成佛，未必有你我的份。」殷曼從沉思中清醒過來，淡淡的說，「辦得不好，脖子上那刀是免不了的。難道您在剮龍台看得還不夠多嗎？」

蛟精族長倒抽了一口氣，臉孔刷的蒼白了。蛟族與龍族本是親眷，時有婚嫁。東海敖廣突然「病死」的內幕，他略有耳聞。王母的承諾再誘人，也沒白紙黑字，不見得會認帳。弄個不好，換他得「病死」保住整族，那才是虧得大了。

「……既然我們有所協議，這件事情就此作罷了。」蛟精族長緩緩的說。

眾妖鼓譟起來，眼見著成仙的機會就這樣白白溜過，難免不服。

「那好，不服的出來挑戰。」君心抱著雙臂，不疾不徐的說了這麼一句。

會場又再次沉寂，靜悄悄的沒有一點聲音。

眞是丟臉啊……蛟精族長感慨著。他們這樣數千妖，卻不敵一個凡人的氣魄。他有些厭煩的環顧四周，包括他的子弟兵，在人間過著過度富裕優渥的生活，幾乎和凡人一樣墮落了。

說不定這個凡人都比他們有妖氣。

「既然沒有，那我們走了。」君心泰然自若的說，「謝謝各位指教，有空來找小弟切磋。」他抱了抱拳。

其實，他心裡捏著一把冷汗。他的心一直跳得太快，一種嶄新的、陌生的殺意在胸腔裡醞釀著——狂野而暴躁，想要殺光眼前所有的眾生。

這是以妖入道的後遺症。當妖屬的內丹漸漸取得上風，人類的理性往往沒辦法控制妖族本性中的嗜血狂暴。妖族在人間生活的時間非常久，久到足以被人類的文明同化，和人類苦難的歷史一起學會收斂這種狂暴，即使如此，依然戾氣猶存。

而君心現在的狀況就像是一隻剛出生的妖族，一隻初萌的、力量剛剛覺醒的凶暴猛獸。每一天，他都感覺得到越來越控制不住的殺意，和滿溢而無法發洩的力量。

身為人類的本能，讓他拚命壓抑這樣的殺氣和力量，也的確獲得一部分的成功。現在的他很少炸屋頂了，轉用飛劍和珠雨這樣比較溫和的法器和法術，也可以相當程度的降低破壞力。

但是，他卻拿這樣陌生的殺意沒辦法，這會是一場災難。他隱隱的想著。敵人越強大，越容易引起他飢渴的殺意。這股狂暴的殺意讓他熬過許多危機，但是反噬的反作用力卻快要吞噬他的理智了。

他很高興，在這場爭鬥中，他沒有殺害任何妖怪。天知道要忍住不殺他們，比殺掉他們困難太多了。

這說不定是一種病。他害怕這種病會波及到小曼姊。

當眾妖讓出一條路，要讓他們離開時，君心真的暗暗鬆了一口氣。走了幾步，他又停下來。心跳快得幾乎要跳出喉頭，他在顫抖，非常興奮又恐懼的顫抖。既狂喜又絕望的對著遙遠而強大的力量起了共鳴。他可以敏銳的感應到，在非常遙遠的地方，有著毀滅性的熾熱和火樣朦朧的力量。成群結黨的，很快就會來臨。

這樣做比較快不是嗎？也不用找人間的妖族幫忙，一把火燒了這城市。如果夠迅速，什麼都不會留下來。趁他們的目光專注在這些小妖身上時，這的確是迅速又有效的方法。

或許來不及了……

從來沒有人以妖入道，沒有任何典籍或前輩可以指導他，所以他不知道，他面臨了一個極大的關卡。

轉化爲初萌的新生妖族生存下去，或者是保留人類的身分。更壞的是，他可能兩種身分都無法保留，自我攻伐的走火入魔。

但本能告訴他，一切都將不一樣了。

君心匆匆的將姚夜書給他的微塵塞給殷曼。「……小曼姊，這個微塵的來源很特殊，等妳能力夠的時候再去馴服淨化。不要忘記小鎮那兒還有水曜保管的微塵碎片。」

「君心？」殷曼拿著有些燙手的微塵，心突然揪緊了。

「現在我才發現，我多麼愛妳，以及所有和妳有關的人事物。」君心呼出一口氣，「爲了保護妳和妳的一切，我願意。」

「君心！」殷曼叫了出來。

但君心只是略帶哀傷的看了她一眼，微微一笑。他劇烈而迅速的妖化，拘禁已久的力量狂暴的流瀉出來，短短幾秒，他耳上爆出巨大的蝙蝠翅膀，人身幻化成貓科動物般的身體，擁有巨大的利爪和腳掌，尾巴是熊熊燃燒的青火。

他的飛劍融合擰轉，不再是粗糙的劍龍幻影，而是眞正的、活生生的白龍，蜿蜒盤旋在他身邊。

張口吐出純青的妖火，他的理智迅速的沉淪消失，被張狂的怒意和貪婪的殺氣主宰了。

但是，在這種接近狂亂的狀態，他的心底還記得一件事情——他不會讓這個城市焚燒殆盡。因爲他最愛的人在這裡。

宛如一道迅捷的閃電，他拔空而起，用驚人的速度擋在天將之前。

帶頭的巨大青鳥靜靜的看著他，垂翼如齊天之雲。青鳥的身後，是整整齊齊的五千祝融神將，烈火燃得南天門一片通紅。當値的角宿也領著値年仙官隨駕。

那青鳥口吐人語，「敢擋我的去路，小妖，你找死？」

君心望著這隻巨大的青鳥，突然脫口而出，「找死的是妳，雙成。」雖然他不懂自己爲什麼知道這隻青鳥是雙成，不過也沒什麼差別了。

因爲他已經無法說出人類的話語，一張嘴，只有純青得足以熔煉黃金的妖火奔騰而出。

這個時候的他，的確非常狂喜歡欣，雖然也同樣的痛苦無比。

或許他再也無法回復人類的身分了，無法回到殷曼的身邊。說不定他會就此死去，更壞的是就這樣入魔。

但是，他也不再需要壓抑保留，他呼喚雷電，那低沉憤怒的聲音，讓大地爲之震動。

像是隻烈焰凝聚的野獸，他撲向雙成化身的青鳥，引起一場凶猛的大戰。這是場捨棄一切的戰爭，因爲他將自己人類的理智當作獻祭，他不知道自己能不能活著回去。

或者，還能不能回去。

回去人類的身分。

這日，滾著地鳴的黃昏，天空燦亮像是天堂失火了。非常美麗，卻令人畏懼膽戰。

呆呆望著君心飛去的天際，殷曼的心，像是某種東西破裂了。她緩緩的蹲了下來，非常人類的低頭哭泣不已。

〈第五部完〉

作・者・的・話

相較於前面四部，這部是比較「不完整」的。

其實我也為難過要不要這麼寫，只是要硬加一個結局實在太奇怪了，因為這本有承先啟後的作用，它交代一些謎團，但也留下一些伏筆，所以就成了沒有結局的結局，因為還有第六部。

說難產，這本也算是卡很久。一來是因為特殊性（承接整個世界的主軸），另一方面是我得了場重病，好幾個月都在養病中，不敢太勞神。這場病的後遺症還在，所以我可能短時間內不會出門（苦笑），雖然我本來就不太注重外貌。

但是，半邊臉沒有表情還是頗詭異的，我覺得路人很無辜，不該被我嚇到。

對我的生活其實不算是有影響，只是我身體狀況不好，不像以前可以大量寫作，每個月只能基本的維持個一本左右的產量。不過因為挖的坑太多，我得一一回填，積壓的稿債連我自己都傷透腦筋，只能慢慢寫去吧。

真不知道我還能寫多久呢，說真話。或許一切都會到盡頭，這是這場重病給我的覺悟。若是可能，我也希望可以把所有的殘稿寫完，最少，可以將這一整部「幻影都城」寫完，了我一個心願。

或許第七部就會完結篇吧，我不確定。這也是我第一次寫這麼長篇幅的小說，將來大約可以當個里程碑。

當然也歡迎來我的部落格坐坐，雖然我從來不開口。離群病居，時日一久，越發孤僻。只是我們都是善意的陌生人，相濡以沫，雖然總是會兩忘江湖之中。

我的部落格：http：//blog.pixnet.net/seba

國家圖書館出版品預行編目資料

初萌　蝴蝶著. --初版--台北市：春光出版：
家庭傳媒城邦分公司發行；2007 (民96)
面；　　公分.--

ISBN 978-986-6822-34-6（平裝）

857.7　　96016255

初萌

作　　者／蝴　蝶
企劃選書人／黃淑貞
責任編輯／黃慧文

行銷企劃／周丹蘋
業務企劃／虞子嫺
行銷業務經理／李振東
總 編 輯／楊秀真
發 行 人／何飛鵬
法律顧問／台英國際商務法律事務所　羅明通律師
出　　版／春光出版
台北市 104 民生東路二段 141 號 8 樓
電話：(02)25007008　　傳真：(02)25027676
e-mail：stareast_service@cite.com.tw
春光部落格：http://blog.pixnet.net/stareast
發　　行／英屬蓋曼群島商家庭傳媒股份有限公司城邦分公司
台北市 104 民生東路二段 141 號 11 樓
書虫客服服務專線：(02)25007718　(02)25007719
24小時傳真服務：(02)25001990　　(02)25001991
讀者服務信箱：service@readingclub.com.tw
劃撥帳號：19863813
服務時間：週一至週五上午9:30～12:00，下午13:30～17:00
戶名：書虫股份有限公司
城邦讀書花園網址：www.cite.com.tw
香港發行所／城邦（香港）出版集團有限公司
香港灣仔駱克道193號東超商業中心1樓
電話：(852)25086231　　傳真：(852)25789337
e-mail：hkcite@biznetvigator.com
馬新發行所／城邦（馬新）出版集團【Cite (M) Sdn Bhd.】
41, Jalan Radin Anum, Bandar Baru Sri Petaling,
57000 Kuala Lumpur, Malaysia.
電話：(603) 9057-8822 傳真：(603) 9057-6622
e-mail : cite@cite.com.my

封面設計／黃聖文
排　　版／浩瀚電腦排版股份有限公司
印　　刷／高典印刷有限公司

■2008年（民97）7月29日初版
■2016年（民105）3月16日2版10.5刷

Printed in Taiwan.
城邦讀書花園
www.cite.com.tw

售價／220元

ISBN 978-986-6822-34-6

廣 告 回 函
北區郵政管理登記證
台北廣字第000791號
郵資已付，免貼郵票

104台北市民生東路二段141號11樓

英屬蓋曼群島商家庭傳媒股份有限公司

城邦分公司　收

請沿虛線對摺，謝謝！

遇見春光·生命從此神采飛揚

春光出版

書號： OF0008X	**書名：** 初萌

請於此處用膠水黏貼

讀者回函卡

謝謝您購買我們出版的書籍！請費心填寫此回函卡，我們將不定期寄上城邦集團最新的出版訊息。

姓名：______________________________

性別：□男　　□女

生日：西元__________年__________月__________日

地址：______________________________

聯絡電話：__________________傳真：__________________

E-mail：______________________________

學歷：□1.小學 □2.國中 □3.高中 □4.大專 □5.研究所以上

職業：□1.學生 □2.軍公教 □3.服務 □4.金融 □5.製造 □6.資訊

□7.傳播 □8.自由業 □9.農漁牧 □10.家管 □11.退休

□12.其他 ______________________________

您從何種方式得知本書消息？

□1.書店 □2.網路 □3.報紙 □4.雜誌 □5.廣播 □6.電視

□7.親友推薦 □8.其他 ______________________________

您通常以何種方式購書？

□1.書店 □2.網路 □3.傳真訂購 □4.郵局劃撥 □5.其他

您喜歡以下哪一種類型的書籍？

□1.財經商業 □2.自然科學 □3.歷史 □4.法律 □5.文學

□6.休閒旅遊 □7.小說 □8.人物傳記 □9.生活、勵志

□10.其他 ______________________________

請於此處用膠水黏貼